KB134538

여자들의 책 읽기는
무엇을 만드는가

지극히 사적인
그녀들의 책＿＿＿읽기

손문숙 지음

나누고, 이해하고,
위로하는
책 읽기에 대하여

HC books

여자들의 책 읽기는 무엇이 다를까?

디지털시대에 필요한
깊이 읽기 능력을 깨워주는
독서 토론의 힘

한국 사회에서 결혼한 여자의 전형은 아내, 엄마, 며느리, 아줌
마이지 일하는 여자가 아니다. 여자들은 어렵게 회사에 들어가
도 결혼 후 육아 때문에 일을 그만두고 경력 단절 여성이 되는
경우가 많다. 그렇게 여자들은 직장인이었다가 평범한 아줌마
로 살아갈 수밖에 없는 것이 현실이다. 대부분의 여자들은 능
력과 상관없이 모성이라는 굴레에 매여 육아에 매달리느라 조
직과 사회로부터 단절된 채 살아간다. 점점 자존감이 떨어지고
우울증에 시달리기도 한다. 가정에서 아내, 엄마, 며느리로서
의 중요한 역할을 생각할 때 그녀들의 자존감과 가족과의 긍
정적인 관계가 더욱 중요해질 수밖에 없다. 게다가 중년의 여

자들은 자녀들이 엄마의 도움이 필요 없는 독립적인 존재가 되면 큰 상실감을 느끼게 된다.

육아와 직장을 병행해야 하는 한국 사회의 여자들에게는 독서를 통한 자아 성찰과 더불어 다른 사람들과의 긍정적인 소통이 더욱 중요하다. 여자들에게 독서 모임을 통한 '함께 책 읽기'를 경험하는 것이 필요한 이유이다. 어른의 책 읽기는 인생의 경험만큼 배경 지식이 생겨서 청소년기에는 이해할 수 없었던 내용을 깊게 이해할 수 있게 된다. 책을 통해 인생의 의미를 찾아 제2의 인생을 만나기도 한다.

직장에서 4년째 참여해온 여자 동료들과의 독서 토론 모임에서 읽은 책들과 토론하기 좋은 책들을 나와 타인이라는 기준으로 선별하여 책에 담았다. 책을 읽고 느낀 개인적인 사유와 토론한 이야기를 담아 에세이 형식으로 책을 썼다. 함께 책을 읽고 토론함으로써 우리는 책을 더욱 입체적으로 깊게 읽을 수 있었다.

독서에서 무엇을 읽었는지가 중요하다면 독서 토론은 어떻게 읽었는지가 중요하다. 독서 토론을 통해 우리는 자신의 내면을 들여다볼 수 있고 다른 사람들과 의견을 나눔으로써 자신을 객관화할 수 있다. 인생의 의미를 깨닫게 되는 인생 공부도 될 수 있다. 혼자 책을 읽으면 개인적인 환경에 영향을 받기 쉬워서 독서를 꾸준히 하기가 어렵고 독서 편식을 할 수도 있다. 자기가 좋아하는 주제의 책만 읽다 보면 개인적인 사고의 폭이 좁아질 수 있다. 그래서 독서는 여럿이 함께 읽고 토론하는 것이 좋다.

여자들이 독서 토론을 하면 인생에서 자존감이 떨어질 수 있는 시기에 자아를 긍정적으로 형성할 수 있고 타인과 소통을 할 수 있다는 장점이 있다. 내가 운영하는 독서 토론 모임에서는 토론할 책을 같이 의논해서 정하기 때문에 문학, 철학, 사회, 역사, 예술 등 다양한 주제의 책을 읽을 수 있다. 다른 사람들의 생각을 들으면서 자신의 고정 관념을 깨고 모든 상황을 객관적으로 들여다볼 수 있게 된다.

어른이 되어 고전을 읽으면 청소년기에 읽었을 때와는 이해하는 결이 다르다. 인생을 살아온 나이테만큼이나 책 속 문장들이 깊이 있게 다가온다. 책을 같이 읽고 토론하는 일은 무엇과도 비교할 수 없는 소중한 경험이 될 것이다.

나는 독서 학습 공동체 숭례문학당에서 독서 토론을 공부한 후 직장에서 여자 동료들과 독서 토론을 하는 모임을 만들었다. 우리가 하는 토론 방식은 비경쟁 독서 토론으로 찬반으로 나눠 경쟁적으로 토론하는 방식이 아니라 논제를 가지고 자유롭게 자신의 생각을 이야기하는 방식이다. 직장 동료들은 책 내용뿐만 아니라 자연스럽게 가정, 직장, 사회 문제 등 사적인 이야기까지 스스럼없이 풀어냈다. 중년이 되어 느끼는 몸의 변화, 자녀에 대한 고민, 남편과 시댁과의 문제, 직장 이야기, 퇴직 후 인생계획 등 다양한 이야기들이 쏟아졌다.

문화체육관광부는 2019년 4월 '제3차 독서문화진흥 기본계획(2019~2023)'을 공개했다. 이 계획은 독서문화진흥법에 따라 수립된 것으로 개인적·정서적 행위로 인식된 독서 패러다임을 사회적 독서로 전환해 사람과 사회의 변화를 이끄는 독서를 구현하는 것을 비전으로 내세웠다. 정부는 이를 통해 성인 독서율을 2017년 현재 59.9%에서 2023년 67.4%로 높이고, 독서동아리 참여율을 3%에서 30%로 끌어올린다는 목표다.

정부가 사회적 독서의 방법론으로 독서동아리나 독서 모임의 가치를 인식한 것이다. 앞으로 사람과 사회 변화를 이끄는 사회적 독서가 정부의 정책과 제도의 지원 아래 날개를 달 수 있을 것이다. 이제는 함께 책을 읽고 토론하는 일이 소수의 고상해 보이는 취미 생활이 아니라 많은 사람이 일상 속에서 공기 마시듯 행하는 자연스러운 일이 되었으면 한다.

나는 40대 후반에 시작한 독서 토론을 통해 나를 찾고 다른 사람을 이해하게 되었으며 자연스럽게 인생의 의미도 발견하게 되었다. 나와 가정 사회까지 긍정적으로 바라볼 수 있게 된 것이다. 퇴직 후에는 지인들과 함께 책을 읽고 글을 씀으로써 사람들이 일상에서 소소한 즐거움을 느낄 수 있도록 도와주는 사람이 되고 싶다.

중년에 독서 토론을 통해 내가 깨달은 자아와 인생에 대한 성찰과 긍정의 힘을 이 책을 읽는 독자들도 조금이나마 느낄 수 있었으면 한다. 사람들이 카페에 커피 한 잔 마시러 가듯이 가벼운 마음으로 독서 모임에 나가서 좋은 사람들과 좋은 책을 함께 읽고 토론함으로써 인생의 즐거움을 느낄 수 있게 되기를 바란다.

갑자기 책을 쓰겠다고 선언하고 거의 일 년 동안이나 퇴근을 미루고 사무실에서 원고와 씨름하느라 가족들과 시간을 많이 보내지 못해 남편과 아들에게 지면을 빌어 미안함과 감사의 마음을 전하고 싶다.

2020년 9월 인천 주안에서

차례

I
인
간

태어나서 사는 동안의 예의

자기 자신에게로 이르는 길

《데미안》 헤르만 헤세/민음사/1997

내 첫사랑은 데미안이었다.

중학교 때 문학반에서 《데미안》을 처음 읽었다. 중학생 때는
단순히 스토리 위주로 내용을 이해했다면 중년이 되어 독서
모임에서 다시 읽었을 때는 인생의 나이테만큼 이해력도 깊어
져 문장마다 곱씹게 되었다. 같이 토론한 오십 대 여교사가 '중
학교 때 데미안이 첫사랑이었다'라고 했을 때 데미안을 처음
읽었던 때가 생각나서 웃음이 났다. 어렴풋이 '내게도 데미안
처럼 생각이 깊고 어른 같은 친구가 있었으면…' 하고 생각했
던 기억이 떠올랐기 때문이다.

《데미안》은 청소년, 청년뿐만 아니라 중년이 읽어도 좋은 책이다. 어린 시절부터 청년에 이르는 인생의 시기마다 데미안을 비롯해 여러 인생의 스승들을 만나 깨달음을 얻고 마침내 자아를 찾게 되는 과정이 아름답고 통찰력 있는 헤세의 문장에 담겼다. 싱클레어가 인생의 고비마다 얻은 통찰이 우리들의 인생과도 맞닿아있어 이 소설을 청소년과 청년들에게 권하지만, 한편으로는 '자기 자신에게로 이르는 길'이라는 주제는 성인들에게도 계속되는 인생의 질문이 아닐까.

고전은 시대가 바뀌어도 인간에 대한 보편성을 이야기한다. 이 책의 시대적 배경은 제1차 세계대전이라는 격변기다. 하지만 책에서 전하는 메시지에 현대인들도 공감할 수 있다. 헤세는 데미안의 말을 통해 '어디서나 연합과 패거리 짓기가 기세를 떨치고 있다고, 그러나 그 어디서도 자유와 사랑은 없다'라고 제1차 세계대전 전후의 유럽을 비판했다. '한 번도 자신을 안 적이 없기 때문에 불안한' 개인들이 공동체로 도피하면서 패거리 짓기를 한다고 경고한 것이다.

21세기를 사는 사람들도 마찬가지다. 한 번은 이런 일이 있

었다. 대학 입학 논술고사를 치르러 가는 아들을 데리고 남편
과 그 대학에 갔다. 아들을 시험장에 들여보내고 우리 부부는
오랜만에 대학 캠퍼스를 거닐며 잠시 낭만을 느껴보고 있었다.
그때 뒤에서 들려온 날카로운 어떤 남자의 목소리가 분위기를
깨뜨리고 말았다.

"촛불집회 나오는 빨갱이 새끼들은 싸그리 다 죽여버려야
해!"

말로만 듣던 '태극기 부대' 아저씨였다! 우리한테 하는 말이
아닌데도 너무 무서워서 가슴이 콩닥콩닥 뛰었다. 빨리 가자며
남편 옷소매를 끌고 그 자리를 피했다. TV에서 매일 보던 태극
기 부대와 직접 마주치니 기분이 착잡했다. '내 생각만 옳고 나
만 애국하고 있다'고 생각하는 것은 얼마나 위험하고 오만한
일인가!

진정한 연대는, 개개인들이 서로를 앎으로써 새롭게 생성
될 것이고, 한동안 세계의 모습을 바꾸어놓을 거야. 지금
연대라며 저기 저러고 있는 것은 다만 패거리 짓기일 뿐이

야. 사람들이 서로에게로 도피하고 있어. 서로가 두렵기 때문이야. 신사들은 신사들끼리, 노동자는 노동자들끼리, 학자는 학자들끼리! 그런데 그들은 왜 불안한 걸까? 자기 자신과 하나가 되지 못하기 때문에 불안한 거야. 그들은 한 번도 자신을 안 적이 없기 때문에 불안한 거야.   - p.182

제1차 세계대전 전후의 유럽이나 21세기인 지금이나 불안한 개인들이 패거리 짓는 혼돈의 세상은 변한 것이 없는 것 같다. 비단 태극기 부대뿐만 아니라 진보와 보수로 분열되어 자기와 생각이 다른 사람들을 절대 인정하려 들지 않는 요즘의 한국 사회를 보면 말이다.

그렇다면 헤세가 바라는 이상적인 사회상은 무엇일까? 헤세는 데미안의 입을 통해 제1차 세계대전이 끝난 혼돈기 사회의 젊은이들에게 '누구나 나름으로 목표를 향하여 노력하는 소중한 존재'라는 메시지를 주었다. 복잡한 현대사회를 살면서도 자신을 알고자 노력하고 자신의 길을 찾아가는 개인들이 더욱 소중할 수밖에 없다.

한 사람 한 사람의 삶은 자기 자신에게로 이르는 길이다.
(…) 일찍이 그 어떤 사람도 완전히 자기 자신이 되어본 적
은 없었다. 그럼에도 누구나 자기 자신이 되려고 노력한다.

- p.9

한 사람 한 사람은 살아가면서 자기 나름의 목표를 향하여 노력하는 소중한 존재다. 그래서 개인들의 이야기가 중요하고 어떤 경우에도 존중받아야 한다. '우리가 서로를 이해할 수는 있다. 그러나 의미를 해석할 수 있는 건 누구나 자기 자신뿐'이라고 헤세는 이야기하고 있다. 책을 읽고 이야기를 나누는 사이에 우리도 모르게 허물을 벗고 알의 껍데기를 부수는 그 어려운 일을 해내고 있을 지도 모른다.

일찍이 그 어떤 사람도 완전히 자기 자신이 되어본 적은 없었다.
그럼에도 누구나 자기 자신이 되려고 노력한다.

- 헤르만 헤세

진정한 행복이란 무엇일까?

《달과 6펜스》 서머셋 모옴/민음사/2000

"월급이 들어오는데 어느 순간 하나도 기쁘지가 않은 거예요."

TV 채널을 돌리다가 젊은 여자가 이렇게 인터뷰하는 것을 보고 채널을 고정했다. EBS 다큐프라임 <진정성 시대> 'Authentic Life - 가고 또 가다 보면'의 한 장면이었다. 청년 앨리스의 사연은 이랬다.

매월 꾸준히 들어오는 고액의 월급과 번듯한 회계사로서의 삶이 어느 날 갑자기 행복하게 느껴지지 않았다는 것이다. 소비로 가득한 도시의 생활은 공허하고 그녀는 하루하루가 불행

했다. 행복해지기 위해 그녀는 회사에 사표를 내고 산골로 들어가 생태운동연구소에 몸담고 살면서 '대안적인 삶'을 실천하고 있다. 화장기 하나 없는 맨얼굴로 산속 나무들과 야생초 이름을 외우며 산골에서 자급자족으로 살아가는 그녀의 모습은 내게 무척 신선하게 느껴졌다. 그녀의 환한 미소는 '진정한 행복이란 무엇일까?'라는 질문으로 보였다.

다큐를 보면서 앨리스처럼 자연에서의 대안적 삶을 꿈꾸는 청년들이 의외로 많다는 사실을 알게 되었다. 내가 좋아하는 말 중에 '삶은 속도가 아니라 방향이다.'라는 말이 있다. 기나긴 인생에서 방향만 잘 잡는다면 속도는 중요하지 않다고 생각한다. 산속에서의 대안적 삶에 대한 몇 년간의 실험은 그들의 인생에 소중한 경험이 될 것이라고 믿는다. 청년들이 산속에서 생활하면서 느끼고 깨닫는 것이 있다면 몇 년의 시간은 그럴 만한 가치가 있을 것이다.

《달과 6펜스》의 주인공 스트릭랜드 또한, 청년 앨리스와 비슷한 선택을 한다. 그는 타성적 욕망을 암시하는 '6펜스'의 세계를 떨쳐버리고 본원적 감성의 삶을 지향하는 '달'의 세계로

도망쳐 나온 독특한 인물이다. 이 책에는 스트릭랜드가 최후의 그림을 완성하고 죽음을 맞이하는 인상적인 장면이 나온다. 그는 안정적인 직장과 가족을 버리고 오직 그림을 그리기 위해서 무일푼으로 떠돈다. 나병으로 죽어가면서도 머릿속에 떠오른 원시적인 영감을 쏟아 낼 그림을 완성하는데 마지막 영혼까지 쏟아붓는다.

그림에 대해서는 아무것도 몰랐지만 이 그림들엔 이상하게도 그를 감동시키는 무엇이 있었다. 방바닥에서 천정에 이르기까지 사방의 벽이 기이하고 정교하게 구성된 그림들로 가득 채워져 있었다. 뭐라 형용할 수 없이 기이하고 신비로웠다. (…) 그것은 사람에게는 허락되지 않은 신성한 것을 알아버린 이의 작품이었다. 거기에는 원시적인 무엇, 무서운 어떤 것이 있었다. 인간 세계의 것이 아니었다. (…) 「맙소사, 이건 천재다」이 말이 입에서 절로 튀어나왔다. 그는 자기가 무슨 말을 했는지도 몰랐다. 그러고는 눈길이 한구석에 있던 돗자리 잠자리에 멎었다. 그쪽으로 가보니 형체가 일그러진 무섭고 소름 끼치는 물체가 하나 있었다. 스트릭랜드였다. 그는 죽어 있었다.　　- p.293~294

대다수의 사람들은 '이런 건 행복한 삶이 아닌데…' 하면서도 변화 없이 하루하루를 평범하게 살아간다. 모든 것을 돈의 기준으로 판단하는 사람들은 상대적 박탈감에 자존감이 떨어진다. 아이러니하게도 돈이 넘쳐나는 사람들도 마음의 공허함을 채울 길이 없기는 마찬가지다. 우리는 하루하루 살아가는 게 힘들어서 자신의 꿈이 무엇인지, 자신이 진정으로 하고 싶은 것은 무엇인지 생각도 못 한 채 살아간다. 스트릭랜드처럼 현실을 포기하고 꿈을 좇아 떠날 용기도 없다.

바로 그런 순간, 책 읽기는 현실에 안주한 채 꿈을 잊고 살아가는 사람들에게 필요하다. 다른 사람들의 꿈과 희망에 관한 이야기를 책을 통해 간접 경험을 해봄으로써 잊었던 자신의 꿈을 소환할 수 있다. 《달과 6펜스》 토론을 마무리하면서 어느 회원이 남긴 멋진 소감이 떠오른다.

"우리는 월급쟁이 '6펜스'지만 마음에는 '달'을 품고 살아갑시다!"

정식으로 글 쓰는 법을 배워본 적 없는 내가 직장을 다니면서 저자가 되겠다는 꿈을 꾸다니! 글을 잘 쓰기 위해 독서 토론을 하고 블로그에 후기와 서평도 썼지만 글쓰기 실력이 하루아침에 좋아지지는 않았다. 하지만 그동안 읽은 책과 독서 토론으로 내 나름의 생각이 담긴 진정성 있는 글을 쓸 수 있게 되었다.

친구들은 처음에는 작가가 되겠다는 내 말을 믿지 않았지만 "이제는 네가 하는 말이 허황되게 느껴지지 않아. 넌 정말 작가가 될 수 있을 것 같아. 열심히 해, 장하다 내 친구!"라며 응원을 해주고 있다. 내 꿈을 지지하다가 그녀들도 자연스럽게 내가 운영하는 독서 토론 모임의 열성 회원들이 되었다. 나와 친구들은 책을 통해 같이 성장해나가고 있다. 가슴 속에 꿈 하나씩 품고 사는 사람들은 나이가 들어도 늙지 않는다. 늙은 마음을 품고 살면 노인이 되고 젊은 마음을 품고 살면 청년이 되기 때문이다.

나는 그림을 그려야 한다지 않소. 그리지 않고서는 못 배기겠단 말이요. 물에 빠진 사람에게 헤엄을 잘 치고 못 치고가 문제겠소? 우선 헤어 나오는 게 중요하지. 그렇지 않으면 빠져 죽어요.

— 서머셋 모음

자본주의 사회에서의 인간 소외

《필경사 바틀비》 허먼 멜빌/문학동네/2011

"하청 노동자 김용균 씨 시신 옆에 있던 고인의 휴대전화입니다. 아직도 군데군데 검은 석탄 가루가 묻어 있습니다. 어두운 작업장에서 조명을 위해 손전등 대신 사용했던 그 휴대전화입니다. 다른 직원들 안전모 위에는 헤드 랜턴이 있지만, 숨진 김 씨는 이 기본 장비마저 지급받지 못했습니다."

(SBS 뉴스 <비디오머그>, 2018.12.19.)

2018년 12월 충남 태안화력발전소 협력업체의 비정규직 노동자 김용균 씨가 운송설비 점검을 하다가 사고로 숨졌다. 그 이후 위험의 외주화가 사회적인 문제로 대두되어 산업 현장의 안전 규제를 강화한 산업안전보건법(산안법)이 2020년 1월 16일부터 시행됐다. 하지만 법이 시행된 이후에도 산업 현장에서 비정규직 노동자들은 여전히 위험의 외주화로 하루하루 죽어가고 있다.

당시 24살의 청년 김용균은 어둡고 위험한 작업 현장에서 나 홀로 근무하며 얼마나 외롭고 무서웠을까?《필경사 바틀비》를 읽으면서 나는 비정규직 노동자로 일하다 억울하게 죽은 청년 김용균을 떠올렸다. 1853년《필경사 바틀비》의 배경이 된 근대자본주의나 21세기의 현대자본주의나 자본주의 체제의 구조적인 문제로 인한 노동의 인간 소외가 발생한다는 점에서는 별로 달라진 게 없다.

"안 하는 편을 택하겠습니다."   - p.29

월가의 변호사 사무실에 고용된 바틀비가 변호사의 업무 지시에 따르지 않겠다는 뜻으로 늘 반복하는 말이다. 변호사 사무실에서 직원들은 사장과 칸막이로 차단된 채 필경이라는 단순 반복적인 기계적 노동을 수행한다. 일하는 직원들은 이름도 없이 별명만으로 불리는 존재다. 월가는 두꺼운 콘크리트 벽들처럼 단절된 인간관계를 묘사하고 있다. 노동자는 자본가의 뜻에 따라 언제든지 해고될 수 있다. 바틀비는 인간의 가치가 말살된 근대자본주의 체제에서 스스로 노동을 거부했고 감옥에 갇혔으며 음식까지 거부함으로써 결국 죽음을 맞이한다.

그 석조 건물의 이집트적인 특징이 음울하게 나를 내리눌렀다. 그러나 발아래에는 푹신한, 감금된 잔디가 자라고 있었다. 그것은 영원한 피라미드의 심장인 듯했다. 새들이 떨어뜨린 잔디 씨가 알 수 없는 마법에 의해 갈라진 틈새로 돋아난 것이다. 몸은 이상하게 벽 밑에 웅크리고 무릎은 끌어안고 모로 누워 차가운 돌에 머리를 대고 있는 쇠약한 바틀비가 보였다. 그러나 움직임이 전혀 없었다. 나는 잠시 멈추었다. 그리고 그에게 가까이 다가갔다. 몸을 굽혀 보니 그는 멍하니 눈을 뜨고 있었다. 그것 말고는 깊이 잠들어 있는 듯했다. 무언가가 그를 건드리도록 나를 부추겼다. 나는 그의 손을 만졌다. 그 순간 짜릿한 전율이 내 팔을 타고 척추까지 올라왔다 발로 내려갔다.　　　　- p.89~90

바틀비는 소통의 희망이 없어진 부조리한 자본주의 체제에 편입되기를 거부한다. 자신의 의지로 노동을 거부한 그가 선택할 수 있는 것은 두꺼운 벽으로 차단된 감옥에서 죽음을 맞이하는 것뿐이다. 수취 불능 우편물처럼 결국 소각돼버린 바틀비의 생이 외롭고 쓸쓸하게 느껴진다. 그는 스스로를 죽음으로 내몰면서까지 자본주의의 억압적 체제에 저항하였다. 죽음조차도 바틀비의 자유의지를 꺾을 수는 없었다.

바틀비의 시대부터 이어져 온 자본주의 체제에서는 기계에 의한 생산 증대와 경영 조직의 대규모화로 최고 경영자와 현장 노동자 사이의 인격적인 관계가 없어져 버렸다. 자기가 담당한 부분의 일과 전체와의 관계도 모르게 되어 노동자는 톱니바퀴의 톱니 같은 존재가 된다. 노동의 인간 소외로 인해 노동자들은 인간적 가치를 상실하고 무력감이나 좌절감을 맛본다.

산업안전보건법(산안법)이 시행되었지만, 산업 현장에서는 아직도 비정규직 노동자들이 위험의 외주화로 위험에 처해있다. 바틀비와 김용균 씨는 자본주의 체제에서의 노동의 인간 소외 때문에 스스로 죽음을 선택하거나 허망하게 죽어갔다. 더 이상은 억울한 죽음이 있어서는 안 된다. 법 시행 후에도 법의 사각지대가 있다면 미비한 점을 보완해서 끊임없이 법과 제도를 보완해야 할 것이다.

안 하는 편을 택하겠습니다.

- 허먼 멜빌

교양인이 되는 법

《페터 비에리의 교양 수업》 페터 비에리/은행나무/2018

교양이 있는 사람이란 자신에 대해 아는 사람, 그리고 그 앎을 얻기가 어째서 어려운지를 아는 사람입니다.   - p.31

"이 책을 읽으면 나도 교양인이 될 수 있을까 해서 읽어봤어요."

독서 토론 모임에 나온 어느 회원의 말에 우리 모두 까르르 웃었다. 책이 얇아 부담 없이 읽을 수 있을 것 같고 표지도 예뻐서 선택했는데 내용은 전혀 가볍지 않았다. 소감을 먼저 나누고 한 시간 동안 돌아가며 회원들이 책을 낭독했다. 눈으로만 읽다가 낭독을 하니 시각, 청각을 동시에 활용하는 색다른 느낌이었다. 회원들의 아름답고 개성 있는 목소리에 다시금 놀랐다. 그녀들은 새로운 독서 토론 방식으로 낭독을 한 경험이 신세계라며 좋아했다.

어느 회원은 "평소 교양인의 의미에 대해서 생각해본 적이 없는데 진지하게 나 자신에게 질문해 볼 수 있는 좋은 기회였다."라고 소감을 이야기했다. 다른 회원은 "철학책은 어렵다고 생각했는데 이 책은 얇고 이해하기 쉬워서 좋아요. 독서 토론도 좋지만 낭독을 하니 색다른 경험이라 더 좋은 것 같아요."라고 말했다.

낭독하며 책을 읽으니 책의 내용을 더 잘 이해할 수 있었다. 묵독보다 책을 읽는 속도는 느렸지만 천천히 이해하며 읽을 수 있었다. 게다가 집중도 더 잘 됐다. 회원들이 돌아가며 읽으니 자기 차례를 놓치게 될까 봐 다른 생각을 할 겨를이 없었다. 게다가 이해가 가지 않던 문장도 소리 내 읽으니 더 수월하게 이해할 수 있었다.

독서 모임 회원들의 말처럼 교양인이 되고 싶은 것은 지식을 갈구하는 인간들의 보편적 의지일 것이다. 이 책을 읽으면 교양인이 될 수 있지 않을까 생각했다는 어느 회원의 이야기처럼 말이다. 페터 비에리는 "교육은 타인이 나에게 해줄 수 있지만, 교양은 오직 혼자 힘으로 쌓을 수밖에 없습니다."(p.9)라고 말한다.

한국 사회에서 살아가는 우리는 유치원부터 대학에 이르기까지 남이 정해주는 교육에 의지해서 살아간다. 평생 남의 기준에 맞춰 공부를 좇다 보면 자신의 힘으로 교양을 쌓는 방법은 알지 못하게 된다. 그러므로 성인이 되어서 하는 공부는 청소년기의 공부와는 달라야 한다. 청소년기의 공부가 남이 해주는 교육에 의한 타율적인 것이라면 성년기의 공부는 자신에 대해 알아가는 자율적인 공부여야 할 것이다.

교육은 항상 어떤 쓰임새를 목적으로 합니다. 무엇을 하기 위해, 어떤 목표에 도달하기 위해 노하우를 습득합니다. 돈이든 권력이든 사회적 인정이든 목적이 무엇이든 상관없습니다. 그런데 교양은 다릅니다. 물론 교양을 축적하는 과정에서 어떤 능력이 따라오기도 하고 유용함을 가져다 주기도 합니다. 그런데 이는 교양의 결정적 특성이 아닙니다. 지금 우리가 이야기하고 있는 교양은 유용성을 포함하지 않은, 그 자체로서 가치가 있는 것입니다.　　　　- p.38

페터 비에리는 이 험한 세상에서 희생당하지 않고 자신을 지키며 살기 위해서는 교양인이 되어야 한다고 강조한다. '내가 진짜로 알고 이해하는 것은 무엇인가. 그리고 나와 다른 사람들이 알고 있다고 믿는 것 중에 그리 확실하지 않은 것은 무엇인가?'(p.15)와 같은 질문의 과정을 통해서 얻은 이차적 지식의 중요성도 이야기한다. 이런 질문들을 쉬지 않고 던질 때 우리는 교양인이 될 수 있으며, "논리적으로 그럴듯해 보이는 교묘한 강압이나 세뇌, 또는 사이비 종교로부터 자신을 굳건히 보호할 수 있다."(p.17)라고 말한다.

지식은 희생자가 되는 것을 막아줍니다. 뭔가를 알고 있는 사람은 불빛이 반짝거리는 곳으로 무작정 홀릴 위험이 적고, 다른 사람들이 그를 이익 추구의 도구로 이용하려고 할 때 자신을 지킬 수 있습니다. (…) 다음과 같은 질문을 던져보는 것입니다. 내가 진짜로 알고 이해하는 것은 무엇인가, 그리고 나와 다른 사람들이 알고 있다고 믿는 것 중에 그리 확실하지 않은 것은 무엇인가? 우리는 꼼꼼히 장부를 검사하듯이 우리의 앎과 이해를 짚고 넘어가야 합니다. (…) 이런 과정을 통해서 얻어낸 지식을 이차적 지식이라고 합니다.   - p.14~15

요즘 한국 사회에는 가짜 기사들이 넘쳐난다. 정보를 얻기 위해 자신이 직접 발로 뛰어서 취재하지 않고 남이 쓴 기사를 확인도 하지 않은 채 가져다 쓰는 기자들이 있기 때문이다. 진짜 기사와 가짜 기사를 올바른 감식안으로 가려낼 수 있는 독자들이 얼마나 될까. 페터 비에리는 교양인의 이차적 지식이 있고 없음에 따라 '믿을만한 언론인과 정보의 원천을 왜 의심해야 하는지 이해하지 못한 채 무작정 갖다 쓰는 단순 무지한 기자로 구분'(p.15)된다고 말한다.

우리는 가짜 기사와 정보의 홍수 속에서 진짜와 가짜를 구분할 수 없을 만큼 혼란의 시대를 살아가고 있다. 스스로의 끊임없는 질문과 통찰로 얻은 나만의 기준이 있어야 삶을 책임 있게 살 수 있을 것이다. 교양인이 되는 길은 혼자 힘으로 깨우쳐

야 하는 힘든 여정이다. 그리고 그 시작은 나 자신부터 아는 것
이다. 나 자신을 먼저 알아야 세계를 대면하는 방식도 깨우칠
수 있을 것이다. 페터 비에리도 '교양이 있는 사람이란 자신에
대해 아는 사람, 그리고 그 앎을 얻기가 어째서 어려운지를 아
는 사람'(p.31)이라고 말하지 않았던가! 그는 자기 자신과 세계
를 대면하는 방식으로서의 교양을 쌓는 방법을 자상하게 알려
주고 있다. 안내를 차근차근 따라가다 보면 우리는 어느새 교
양인의 고갱이에 도달할 수 있을 것이다.

지금 우리가 이야기하고 있는 교양은 유용성을 포함하지 않은,

그 자체로서 가치가 있는 것입니다.

― 페러 비에리

여행은 환대와 신뢰의 순환을 거듭하는
마법 같은 경험

《여행의 이유》 김영하 / 문학동네 / 2019

'우리나라에도 어려운 아이들이 아직 많은데 왜 네팔이나 아프리카 같은 다른 나라 아이들까지 도와줘야 하지?'

가끔 기사에서 아프리카 오지에 학교를 지어준다는 소식을 접할 때 이런 생각을 했다. 그러다 25년 동안 공무원으로 교육 현장에 있다가 2017년 일 년 동안 대학원에서 석사 학위 과정을 공부할 기회가 생겼다. 학기 중에 해외 연수가 있었는데 나는 유럽 같은 선진국 대신 네팔, 인도 코스를 선택했다. 선진국은 다음 기회에도 갈 수 있으니 개인적으로 가기 힘든 나라를 가보자는 생각이었다. 물론 네팔과 인도라는 미지의 나라에 대한 동경도 있었다.

네팔, 인도를 둘러보는 17일간의 연수는 내 인생에서 가장 긴 해외여행이었다. 네팔 오지 학교에서 교육 봉사를 하고 네팔과 인도 유적지를 관광하는 코스였다. 교육 봉사를 하러 간 네팔의 학교는 다딩베시에서도 지프로 수십 분을 올라 산 중턱에 자리한 소규모 유·초·중·고 통합학교였다.

　다른 나라에서의 방문이 처음인지 학교에서는 마을 주민들까지 참석해 우리 봉사단을 진심으로 환영해주었다. 학생들을 포함한 모든 참석자들이 호기심 가득한 눈으로 한국에서 온 우리들을 부끄러워하면서도 좋아해 주었다. 대학원 동기들에게서 모아온 아이들 옷과 기부금을 학교에 전달하고 학용품은 현지에서 구매해 나눠주었다. 학교 시설은 우리나라 60~70년대처럼 교실에 전기가 들어오지 않고 책걸상도 제대로 없어 무척 열악했다. 우리나라에서 보내는 적은 액수의 지원금이라도 네팔에서는 마을 학교 하나를 세울 수 있다고 네팔인 가이드가 말해주었다.

　지금도 그때를 생각하면 같이 놀면서 노래하고 춤췄던 네팔 아이들의 천사 같은 눈이 떠오른다. 네팔 교육 봉사를 다녀온 후로 네팔이나 아프리카 아이들에 대한 우리나라의 지원에 대한 생각이 전과 달라졌다. 나에게 네팔은 히말라야산맥이 있는 나와 상관없는 나라가 아니라 소중한 인연이 있는 아이들이 살고 있는 나라가 되었기 때문이다. 이처럼 여행은 나와 타자의 만남으로 인연이 이어지는 아름다운 경험을 선사한다.

《여행의 이유》는 여행을 많이 하기로 알려진 소설가 김영하의 매혹적인 여행 이야기이다. 저자가 처음 여행을 떠났던 순간부터 최근의 여행까지 자신의 모든 여행의 경험을 담아 써 내려간 아홉 개의 이야기를 담은 책이다.

책에는 1968년 12월 아폴로 8호에서 찍은, 온 우주가 암흑같이 적막한데 푸른 구슬처럼 고요히 떠 있는 지구 사진이 실려 있다. 인류는 지구라는 행성에 탑승한 '서로가 형제임을 진실로 아는 형제'(p.137~138) 라고 노래한 시인의 말에 숙연한 마음까지 든다. 작가 또한 "인생의 축소판인 여행을 통해, 환대와 신뢰의 순환을 거듭하여 경험"(p.148)한다고 이야기하고 있다.

작가는 "환대의 순환을 가장 잘 경험할 수 있는 게 여행"(p.147)

이라며 당장 여행을 떠나라고 독자들에게 권한다. 그러면서 이십여 년 전 떠난 발리 배낭여행에서 만난 뉴먼과의 이야기를 풀어놓는다. 현지인 뉴먼을 믿었던 자신의 신뢰가 상대방의 환대로 돌아왔던 경험을 전해준다.

> 그는 분명 돈을 받고 나를 안내했지만, 그가 베푼 것도 일종의 환대였다고 나는 생각한다. 나는 그의 가족을 만났고, 그가 믿는 신과 그 신이 사는 곳을 방문할 수 있었다. 그러기 위해서는 그를 온전히 믿어야만 했다. 나의 신뢰는 그의 환대로 돌아왔다."
>
> - p.141~142

네팔 여행 중 방문했던 다딩베시의 작은 학교에서 우리 대학원 연수단도 현지인들의 환대를 받았다. 어린아이부터 어르신까지 마을 주민들은 마을 잔치를 열어주고 환영해주었다. 그들은 이웃 나라 한국에서 찾아와 준 우리를 순수하게 친구처럼 대해주었다. 2017년에 만났던 네팔 사람들을 한국에 와서도 계속 잊을 수 없는 이유이다.

중년의 여행은 자연스럽게 신체의 나이 듦을 깨닫게 해주었다. 하지만 여행에서 얻은 경험이 젊었을 때와는 결이 다르게 연결되고 확장됨을 느낄 수 있었다. 젊은 시절의 여행도 좋지만 나이 들어서 하는 여행도 가치가 있다고 생각하게 된 이유이다. 생물학적인 나이를 핑계로 주저하지 말고, 언제라도 환대와 신뢰의 순환을 거듭하는 여행의 마법을 느끼기 위해 우리는 늘 여행을 떠날 준비가 되어야겠다.

여행은 내가 누구인지를 확인하기 위해서가 아니라
내가 누구인지를 잠시 잊어버리러 떠나는 것이 되어가고 있다.

- 김영하

어리석은 자의 우직함이 세상을 조금씩 바꿔갑니다

《담론 : 신영복의 마지막 강의》 신영복/돌베개/2015

"어리석은 자의 우직함이 세상을 조금씩 바꿔갑니다."

고 신영복은 우리 시대의 대표적인 진보 지식인이며 그의 인간과 세계에 대한 통찰은 여러 권의 책으로 우리 곁에 남아있다. 위의 문장은 작가의 산문집 《나무야 나무야》에 실려있는 수필 제목이면서 《담론》에서 길어 올린 많은 문장 중에 내가 가장 좋아하는 글귀이다.

그의 글을 처음 영접한 것은 대학교 2학년인 1988년 출간된 옥중 서간집 《감옥으로부터의 사색》에서였다. 20년 20일이라는 긴 수형 생활 속에서도 인간에 대한 따뜻한 성찰을 간직하고 있는 작가의 마음을 통해 이 시대의 진정한 어른으로 느껴졌다. 순수한 20대 초반의 나에게 그의 문장들은 한지에 스미는 먹물처럼 내 마음을 적셨다.

두 번째 만남은 그의 마지막 강의를 담은 《담론》이었다. 독서 학습 공동체 숭례문학당에서 독서 토론을 공부할 때 접했던 책이었다. 《감옥으로부터의 사색》보다 더욱 깊이가 느껴지는 책이었다. 문장 하나하나를 마음속에 되뇌고 곱씹으면서 작가의 통찰을 가슴에 새겼다. 내게 《담론》은 늘 가까이 두고 문장을 되새기고 싶은 성경 같은 책이다. 좋은 책을 주위 사람들에게 널리 소문내고 싶어 하는 성격이라서 직장 동료들과의 독서 토론 모임에서 《담론》으로 다시 한번 토론을 했다. 내가 느낀 공감과 깨달음이 동료들의 마음에도 닿을 수 있기를 바라는 마음에서였다.

신영복은 "우리가 일생 동안 하는 여행 중에서 가장 먼 여행이 '머리에서 가슴까지의 여행'과 '가슴에서 발까지의 여행'"(p.19~20)이라고 했다. 즉 공부는 "우리가 갇혀있는 완고

한 인식틀을 깨뜨리는 것"(p.19)이며 "애정과 공감을 우리의 삶 속에서 실현하는 것", "세계를 변화시키고 자기를 변화시키는 것"(p.20)이라는 것이다.

　나는 책 읽는 것을 좋아하고 글 쓰는 것을 더욱 좋아한다. 내가 책을 읽고 글을 쓰는 이유는 더 좋은 사람이 되어 주위 사람들에게 선한 영향력을 주고 싶어서다. 그래서일까? 내 주위에는 책을 많이 읽는 사람들이 넘쳐난다. 그런데 "천 권을 읽었다", "나는 만 권을 읽었네." 하면서 책을 많이 읽는 것을 과시하는 사람들도 있다. 그들과 비교하면 나의 독서량은 초라하다. 하지만 그들을 별로 부러워하지는 않는다. 책을 많이 읽는 사람 중에 자신의 생각만을 강요하는 독선적인 사람들을 여러 번 본 적이 있기 때문이다. 우리가 읽는 책 속에는 늘 좋은 말과 생각과 통찰이 담겨 있는데 왜 좋은 책을 읽어도 읽는 사람들의 변화는 제각각일까? 그 이유는 신영복의 말처럼 가슴과 발이 아닌 머리로만 책을 읽었기 때문이다. 책을 읽은 후에도 자신과 세계에 대한 인식에 변화가 없다면 책 읽는 행위가 도대체 무슨 의미가 있겠는가! 그건 그냥 시간을 죽이는 자기만족과 과시욕일 뿐이다.

작가의 말처럼 삶에 대한 공부를 통해 우리는 변화와 창조로 나아갈 수 있어야 한다. 그래야 진정한 공부이다. 그의 책 여러 곳에서 강조한 것처럼 나도 '어리석은 자의 우직함이 세상을 조금씩 바꿔 간다.'라고 믿는다. 세상의 중심은 사람이라고, 특히 힘없는 국민이라고 믿는 나 또한 어리석은 사람일 것이다. 하지만 힘없는 국민의 수는 힘 있는 권력자들의 수보다 많기에 국민의 힘이 더 세다. 그들의 권력은 다수 국민의 선택으로부터 나온 것이기 때문이다.

세상에는 두 종류의 사람이 있다고 합니다. 그리고 두 종류의 사람밖에 없다고 합니다. 지혜로운 사람과 어리석은 사람이 그것입니다. 지혜로운 사람은 세상에 자기를 잘 맞추는 사람입니다. 어리석은 사람은 어리석게도 세상을 사람에게 맞추려고 하는 사람입니다. 역설적인 것은 어리석은 사람들의 우직함으로 세상이 조금씩 변화해왔다는 사실입니다. 진정한 공부는 변화와 창조로 이어져야 합니다.

- p.20~21

2016년의 촛불집회를 기억하는가! 박근혜 전 대통령을 대통령직에서 퇴진시킨 역사적인 현장에서 수많은 국민이 연대해 비폭력 평화 시위를 했다. 매주 토요일마다 전국에서 버스를 대절해 광화문 광장에 모여든 국민의 우직함이 결국 현직 대통령의 퇴진이라는 놀라운 결과를 얻었다. 광화문 광장에서 국민은 '박근혜 퇴진' '이게 나라냐'라는 구호를 외쳤다. 시민 단체와 사람들은 자유 발언을 이어갔고 노래를 부르면서 축제처럼 역사적인 순간을 즐겼다. 아이들을 데리고 나온 부모들의 눈빛에서는 자녀들에게 국민을 지켜주지 못하는 무능한 정부를 결코 물려주지 않겠다는 결의가 보였다. 우직한 다수의 힘으로 민주주의를 바로 세운 경험이 대한민국 국민에게는 역사적인 사건으로 기억될 것이다.

중요한 것은 두 발 걸음의 완성이 아니라
한 발 걸음이라는 자각과 자기비판,
그리고 꾸준한 노력입니다.

- 신영복

II
죽음

B와 D 사이, 그 어디쯤

아프다는 것은 그저 다른 방식의 삶이다

《아픈 몸을 살다》 아서 프랭크/봄날의 책/2017

"여보, 여기가 우리 집이야? 정말 예쁘고 좋네."
"여보, 손 좀 줘봐. (손을 한참 잡고 계시다가) 나 피곤해서 잠
좀 잘게."

햇볕이 따뜻하고 봄꽃이 아름답게 핀 사월의 어느 날이었다.
아빠는 엄마와 함께 휠체어를 타고 산책을 나가셨는데 오래전
이사 온 집도 못 알아보시고 연신 여기가 우리 아파트냐며 너
무 예쁘다고 좋아하셨다. 산책에서 돌아온 아빠는 거실에서 엄
마의 손을 한 번 잡으시고는 편안한 얼굴로 주무시듯이 돌아
가셨다. 76세는 젊다면 젊은 나이다. 하지만 아빠는 평생 류마

티스 관절염으로 고생하셨고 70대에 들어서면서 경도 치매와 연이은 대퇴부 골절로 화장실을 가거나 걷는 등의 일상적인 거동조차 혼자서 할 수 없으셨다. 지금 와서 생각해보니 아빠가 재활 치료를 위해 입원했던 요양병원에서는 재활 치료보다 환자들을 수면제로 재우는 일이 더 많았던 것 같다. 다리 재활이 제대로 되지 않았던 걸 보면 말이다. 아빠는 답답한 요양병원에 있는 것보다 집에서 지내겠다며 퇴원을 고집하셨다. 지금 생각해보면 그때 퇴원시켜드리길 잘했다는 생각이 든다. 마음 편하게 집에서 엄마와 주간보호사의 돌봄을 받으면서 돌아가셨기 때문이다.

아빠의 마지막 병원 생활을 돌이켜보면서 느낀 점이 두 가지 있다. 첫째는, 환자의 재활이 필요할 때 재활 운동을 제대로 시켜주는 좋은 요양병원을 찾아가야 한다는 것이고 둘째는 병이 깊어져 죽음을 준비해야 한다면 병원이 아닌 가족들의 품에서 마지막을 정리할 수 있도록 도와주어야 한다는 것이다.

대학에서 사회학을 가르치던 아서 프랭크는 갑자기 찾아온 심장마비와 암 투병을 경험했지만, 다행히도 완치되어 사회로 다시 돌아올 수 있었다. 그는 자신이 앓은 질병의 고통을 목격하고 경험을 표현하며 다른 사람들이 아픈 사람의 경험에서 배울 수 있도록 이 책을 썼다고 고백한다.

아서 프랭크가 암 투병을 하는 내내 곁에는 아내 캐시가 있었다. 가족과 친척, 지인들도 그의 건강을 염려해주었다. 작가는 "질병의 궁극적인 가치는, 질병이 살아 있다는 것의 가치를 가르쳐준다는 점에 있다. 바로 이 이유 때문에 아픈 사람들은 동정받아야 하는 대상이 아니라 가치 있게 여겨져야 하는 존재가 된다."(p.190)고 하였다. 질병의 고통 속에 있을 때 가족과 지인들의 걱정과 응원은 병을 이겨내는 데 많은 힘을 줄 것이다.

암 병동의 침상에서 세상을 보는 일은 우주에서 세상을 보는 일과도 같다. 세상은 자그마하지만 이미 온전하다. 아프다는 것은, 다시 말해 인간이기에 겪는 고통을 나도 겪는다는 것은, 그 온전한 전체 안에서 자기 자리가 어디인지 아는 것이다. 다른 사람들과 내가 연결되어 있음을 아는 것이다. 죽어가는 사람은 다른 이들과 함께 있으면서 자신이 연결되어 있음을 확인한다. 함께 있다는 것 자체가 귀중하며 균형을 되찾아준다.   - p.191

하지만 작가의 경험처럼 친구나 친척 중에 연락을 끊어버림으로써 아픈 사람의 존재를 통째로 부정해 버리는 경우도 있다. 현대사회에서 암은 누구나 걸릴 수 있는 흔한 질병이고, 아프다는 것은 그저 다른 방식의 삶일 뿐인데 말이다. 자신은 살면서 한 번도 심각하게 아프지 않을 거라는 오만한 마음이라도 있는 것일까? 우리는 질병과 같이 한 몸에서 살아가고 있다. 질병은 아직 본 모습을 드러내지 않고 있을 뿐이다.

우리의 일상에서도 마찬가지이다. 내가 병들거나 힘들고 외로울 때 다행히도 나의 진정한 친구가 누구인지 알아볼 수 있게 된다. 그래서 나는 지인들의 경사에는 축의금만 보내더라도 애사에는 가능한 참석하려고 노력하는 편이다. '인간의 고통은 고통을 함께 나눌 때 견딜만해 진다.'고 하지 않던가!

작가는 "벼랑 끝을 걷고 있음을 아는 일은 그저 공포에 찬 경험만은 아니다. 그것은 또렷하게 보게 되는 경험이기도 하다."(p.34)고 말한다. 우리도 살면서 예기치 않게 많이 아픈 순간이 올 수 있을 것이다. 그런 날이 오더라도 결코 우울해하거나 심각할 필요가 없다. 벼랑 끝에 서 있더라도 내 인생을 또렷하게 볼 수 있는 기회가 될 수도 있을 테니까. 암 투병 속에서도 평소에 알지 못했던 인생의 아름다운 순간들을 발견했던 작가처럼 말이다.

삶이 다시 시작됐다. 물론 나는 삶이 멈춘 적이 없음을 알고 있었다. 바흐를 듣던 밤들, 샤갈의 그림 위에 비치던 오후 햇빛, 캐시와 함께한 희망과 공포의 순간들, 상실과 절망, 이 모든 것 또한 삶이었다. 삶은 암을 앓는 동안에도 결코 멈춘 적이 없다. 단지 더 강렬했을 뿐이다.   - p.208

삶은 예측할 수 없다.
무엇이 기대할 수 있는 평범한 일인지,
캐시와 나는 이제 잘 모르겠다.
– 아서 프랭크

나이 드는 것은 쇠락이 아니라 성장이다

《모리와 함께한 화요일》 미치 앨봄/살림출판사/2010

문학평론가 신형철은 《슬픔을 공부하는 슬픔》에서 트위터 계정 중에는 간혹 "의미심장한 아포리즘을 꾸준히 공급하는 트윗도 있다"고 하면서 "글자 수가 제한돼있는 트위터의 조건이 북돋은 현상"일 것이라고 이야기한다. 그렇다면 아포리즘이란 무엇일까? 사전에서의 '아포리즘'의 정의는 '간결하고 기억하기 쉬운 형태로 말해지거나 쓰인 어떤 독창적인 생각'이라고 적혀 있다. 내가 생각하는 아포리즘은 트위터에 가볍게 올리고 리트윗하는 말장난이 아니다. 인생의 경험에서 나온 통찰이 담긴 짧은 문구이다. 글은 짧지만 공감할 수 있고 강력한 울림이 있어야 좋은 아포리즘일 것이다.

"할 수 있는 일과 할 수 없는 일이 있음을 인정하라.", "과거를 부인하거나 버리지 말고 있는 그대로 받아들여라.", " 타인을 용서하는 법을 배워라.", "너무 늦어서 어떤 일을 할 수 없다고 생각하지 마라."   - p.51

이것은 모리 교수의 아포리즘이다. 모리는 루게릭으로 죽어가면서도 매일 죽어가는 삶에 대한 단상들을 아포리즘으로 적어갔다. 모리의 아포리즘이 알려지면서 미국 ABC TV의 유명한 토크쇼 '나이트라인' 방송에까지 소개되었다. 미치 앨봄은 방송을 통해 모리가 루게릭병으로 죽어간다는 사실을 알고 16년 만에 은사님을 찾아간다. 미치는 대학 시절에 사회학을 가르쳤던 모리를 코치라 부르며 진심으로 존경하고 좋아했다. 그러나 대학 졸업 후 자신의 꿈도 잃어버린 채 디트로이트에서 성공했지만 행복하지 않은 칼럼니스트로 살아가고 있었다.

1997년 미국에서 이 책이 발간된 후 1999년 두 번째로 발간된 곳이 바로 한국이다. 지금까지 국내에서만 120만 부를 돌파하며 진정한 휴머니즘이 담긴 책으로 인정받고 있다고 한다. 1998년 IMF 시대에 따뜻한 위로가 되었던 것처럼 21년이나 지났지만 2020년 코로나19 팬데믹으로 경제 위기를 겪고 있는 사람들의 지친 가슴에 또 한 번 힘이 되어 줄 수 있을 것이다.

책 속에서 모리와 미치는 화요일마다 인생의 의미를 주제로 열네 번의 수업을 한다. 대화의 주제는 사랑, 일, 공동체 사회, 가족, 나이 든다는 것, 용서, 후회, 감정, 결혼, 죽음 등이다. 모리는 "어떻게 죽어야 할지 배우게 되면 어떻게 살아야 할지도 배울 수 있어."(p.129)라고 말한다. 사람들이 언젠가 자신이 죽을 걸 안다면 사는 동안 자신이 인생에 훨씬 적극적으로 참여할 수 있다는 말이다. 그는 생을 마감하는 순간까지 긍정적인 마음으로 사랑하는 사람들과의 시간을 소중히 보낸다. 목숨이 남아있을 때 사랑하는 이들과 치른 장례식 장면은 슬프고도 아름다운 이별 장면으로 기억될 것이다.

"나이 드는 것은 단순한 쇠락이 아니라 성장이야. 그것은 곧 죽게 되리라는 부정적인 사실, 그 이상이지. 그것은 죽게 될 거라는 것을 이해하고 그 덕분에 더욱 좋은 삶을 살게 되리라는 긍정적인 면도 가지고 있다네."   - p.173

모리는 자신의 묘비명에 이렇게 남기기를 바란다. '마지막까지 스승이었던 이.' "죽음은 생명이 끝나는 것이지 관계가 끝나는 것이 아니네."(p.240)라는 말로 죽음에 이르는 순간까지 우리에게 인생의 질문을 남기고 떠난 모리!

'그의 가르침을 마음에 새기며 실천하고 있는가?'라고 나에게 질문해본다. '코로나 19'가 심각 단계로 격상되었을 때 독서 토론 모임 회원의 아버님이 돌아가셨다. 집단 감염에 관한 뉴스 때문에 사람들은 장례식장처럼 사람들이 많이 모이는 장소에 가기를 꺼렸다. 하지만 독서 토론 모임에 열심히 나오는 회원이라서 몇 명이 마스크를 쓰고 조문을 했다. 장례식장에는 평소보다 훨씬 적은 사람들이 있었다. 어려운 상황이었지만 조문을 하고 나니 한결 마음이 편했다. 초상을 치른 회원도 독서 토론 모임 회원들의 위로에 무척 고마워했다. 내가 떠난 후에도 남은 사람들의 마음속에 살아갈 수 있으려면 '여기 있는 동안에 사랑하는 이들을 만지고 보듬으라.'는 모리의 가르침처럼 내 주변 사람들을 더욱더 보듬고 사랑해야겠다.

죽음은 생명이 끝나는 것이지 관계가 끝나는 것이 아니네.

- 미치 앨범

인생은 영원하지 않다,
지금 이 순간을 행복하게 살자

《죽음의 에티켓》롤란트 슐츠/스노우폭스북스/2019

내게 인도의 갠지스강은 매우 신비한 인생 스팟이다. 2017년 대학원생 시절, 연수로 간 네팔과 인도는 내게 많은 생각과 질문을 안겨주었다. 힌두교 사상에서 유래한 업보(카르마)와 윤회를 믿는 인도인들에게 갠지스강은 삶과 죽음이 어우러지는 성스러운 장소다. 인도인들은 죽음이 다음 생으로 이어지는 출발이라고 믿기에, 갠지스강에 자리한 화장터에서는 죽은 사람을 화장한 후 강에 떠내려 보내기도 하고 다른 곳에서는 업보를 씻기 위해 목욕을 하고 물을 마시는 신기한 광경을 볼 수 있었다. 갠지스강의 신비한 풍경과 어우러져 죽음을 삶의 일부분으로 인정하고 살아가는 인도인들의 모습이 인상적이었다. 화

지극히 사적인 그녀들의 책 읽기

장터나 장례시설을 혐오 시설로 생각해 동네 집값이 떨어진다며 자신들의 삶의 터전에 발도 못 붙이게 하는 한국 사회의 모습과 사뭇 달랐기 때문이다.

한국 사회에서 태어나 자란 나 또한 죽음을 터부시하고 나와 상관없는 일이라고 생각하며 살았다. 하지만 경험해보지 못한 나의 죽음을 처음부터 끝까지 간접적으로 체험할 수 있게 해준 ≪죽음의 에티켓≫을 읽고 나서는 죽음에 대한 생각이 달라졌다. 죽음은 혐오스럽고 나와 상관없는 것이 아니라, 공기처럼 일상에 함께 하고 있는 또 다른 내 삶의 일부분이라고 생각하게 되었다.

책을 순서대로 읽다 보면 내가 죽음을 진짜 경험해보는 것 같은 착각이 든다. 직면한 나의 죽음에 내 마음까지 경건해진다. 그리고 죽기 전에 내가 무엇부터 실천해야 할지 생각해보게 된다. 이 책을 통해 문학적 작품이 아닌 논픽션의 문장도 얼마든지 아름다울 수 있고 사람들의 마음을 감동시킬 수 있다는 것을 알게 되었다.

죽음은 멀리 있는 것이 아니라 아침, 저녁으로 우리의 일상에 도사리고 있다. 왜 우리는 죽음을 생각하는 것조차 싫어하고 회피하고 싶어 할까? 하나님을 믿으면 사후에 천국을 간다고 믿는 교인들은 죽음이 두렵지 않을 수도 있다. 하지만 대부분의 사람들은 죽음 이후의 시간을 알지 못해 두려워한다. 사후에는 나의 영향력이 미칠 수가 없다. 그러나 죽기 전까지 아직 시간이 남아있다. 그러니 죽기 전의 나의 삶, 나의 의지대로 바꿀 수 있는 시간들에 관심을 가져야 한다. 내 미래의 죽음을 인정하고 언제 죽음이 닥쳐와도 당황하지 않도록 미리 준비해 두어야 할 것이다.

사실 죽음은 너무 멀리 있었습니다. 그건 언제나 다른 사람의 죽음일 뿐, 단 한 번도 당신의 죽음이었던 적은 없습니다. 이런 방식으로 당신은 다른 모든 사람과 마찬가지로 너무나도 확실한 사실을 보지 않고 회피해 왔습니다. 우리 모두가 죽어간다는 사실 말입니다.　　　　　- p.12

우리는 모두 죽어가고 있다. 어느 날 갑자기 준비도 못 한 채 죽음을 맞이하기보다는 나의 죽음을 늘 생각하고 준비하고 있어야 한다. 평소에 죽음을 생각하면서 산다는 것이 그리 우울한 일만은 아닐 것이다. 내 인생이 영원하지 않다는 생각에 미치면 지금 이 순간을 더 행복하게 살 수 있을 테니까.

죽음을 앞두고 '…할걸'하고 후회하지 않으려면 지금 하고 싶은 일을 하면서 즐겁게 살아보자! 남들에게 그럴듯해 보이는 가짜 꿈을 꾸느라 인생의 시간을 낭비하지 말고 내가 하고 싶은 진짜 꿈을 이루기 위해 차근차근 노력하면서 살아야 한다. 평소 내가 지인들에게 입버릇처럼 하는 말이 있다.

"아무것도 하지 않으면 아무 일도 일어나지 않는다."

살면서 내가 직접 경험한 일이기 때문이다. 언젠가 꼭 내 책을 쓰고 싶다는 마음만 품고 실행에 옮기지 않았다면, 어떻게 내 책을 내고 작가라는 꿈에 한 발짝 다가갈 수 있었겠는가. 마음이 시키는 일은 일단 저질러놓고 열심히 수습하는 내 성격 때문에 오늘의 내가 있다고 믿어 의심치 않는다.

많은 사람이 죽음을 앞두면 다른 이들이 기대하는 삶이 아니라 자신만의 삶을 용기 있게 살 걸 그랬다고 후회합니다. 아니면 일만 너무 열심히 하지 말 걸 그랬다고 후회합니다.

좀 더 자주 맨발로 땅 위를 걸을걸,

친구들과 우정을 좀 더 유지할걸,

좀 더 느긋하게 살걸,

(…)

걱정은 좀 덜 하고,

하지만 실수는 더 하고 살아도 좋았을 것을.

여행을 좀 더 자주 갈걸.

사람들을 더 많이 안아 줄걸,

마음속 감정을 좀 더 드러내 보일걸,

언제나 그들 편을 더 들어줄걸,

살면서 좀 더 행복해했어도 되었는데…. 하고 말이죠.

- p.62~63

지극히 사적인 그녀들의 책 읽기

죽음이란 건 완전히 일상적인 과정이고,
그래서 세상에 그보다 더 보편적인 현상도 없습니다.
탄생처럼 죽음의 순간에도 우연히 선택된 사람들과 함께 합니다.

— 롤란트 슐츠

그 커다란 충격이 우리를 전진하게 하는 거야

《삶의 한가운데》 루이제 린저/민음사/1999

1911년 독일 출신 작가 루이제 린저의 대표 장편소설《삶의 한 가운데》는 여주인공 니나를 평생 짝사랑하는 의사 슈타인의 일기 및 편지 그리고 니나와 언니와의 짧은 며칠 간의 만남과 대화들로 구성된 소설로, 나치 체제하의 암울한 시대를 관통하며 생을 치열하게 살아간 니나의 삶을 그리고 있다.

이 책이 출간되자 전후 독일을 비롯해 전 세계적으로 '니나 신드롬'이 생겨났다. 루이제 린저가 니나를 통해서 전후 독일의 암담하고 절망적인 상황에서도 참된 삶을 추구한 여성의 한 전형을 보여주었기 때문에 젊은이들이 니나에게 열광할 수밖에 없었다. 작 중에서 니나는 1932년부터 1945년까지 일어 났던 나치당의 득세와 유대인 탄압, 2차 세계대전이라는 사건 을 겪었다. 따라서 전후 세대의 사람들은 반나치즘 투쟁과 휴 머니즘적 태도로 생을 살아간 니나의 매력에 빠진 것이리라!

반나치즘 활동과 의대 입학, 안락사 논쟁, 자살 기도, 사랑하 는 남자와의 만남, 슈타인과의 정신적 교류 등을 통해 생에 순 응하지 않고 진실을 추구함에 있어 위험에 처할지라도 피하지 않은 니나의 삶을 알 수 있다. 그녀는 심리학 시간에 벌어진 안 락사 논쟁에서 불치의 (정신)병자들에 대한 안락사 허용에 강 하게 반대했다. 국가의 이념에 반대하는 자들 역시 국가 및 사 회에 해가 되므로 제거할 수 있다는 나치 체제에 정당성을 부 여하는 논리가 될 수 있기 때문이다.

그들은 법이라는 미명 하에 한번 죽이기 시작하면 그다음 부터는 옳든 그르든 상관 않고 계속 죽이게 될 것입니다. 결국에는 살인자들만 남겠지요. 나는 이에 반대하는 것을 멈추지 않을 겁니다. 결코 멈추지 않을 겁니다. 그리고 살 인을 허가하고 그 살인에 불가피함과 선이라는 딱지까지

부여하는 국가도 결코 인정하지 않을 겁니다.   - p.199

　자신과는 정반대의 기질을 가진 니나를 사랑했던 슈타인은 나치당에 끌려다닌 나약한 독일 지식인의 전형이다. 그는 니나에게 이렇게 고백한다.

　"구십 퍼센트 주어진 사람들도 있습니다. 구십 퍼센트 말입니다. 거의 다 주어진 셈이지요. 그런데 그들에게는 가장 중요한 십 퍼센트가 빠져 있습니다. 내가 바로 그런 사람이지요. 나와 같은 종류의 인간은 태어나지 말았어야 했어요." - p.76

　슈타인이 가지지 못한 십 퍼센트는 니나가 말한 '우리를 전진하게 하는 것은 몇백 번의 작은 충격이 아닌 단 한 번의 큰 충격', 즉 부당함에 싸우는 지식인의 행동이다. 니나가 나치들에 의해 내란 방조죄로 감옥에 갇혔듯이 작가 루이제 린저도 반나치즘 투쟁으로 국가 반역죄 및 국가력 파괴죄로 체포되어 감옥에 수감되었다. 니나와 린저는 "제멋대로 살고 있다고 생각한다면 그건 틀렸어요. 저는 남들을 따라서 사는 게 아니라 내 삶을 살고 있던"(p.351) 것이다.

대부분의 사람에게는 운명이 없어. 그런데 그것은 그들 탓이야. 그들은 운명을 원하지 않거든. 단 한 번의 큰 충격보다는 몇백 번의 작은 충격을 받으려고 해. 그러나 커다란 충격이 우리를 전진하게 하는 거야. 작은 충격은 우리를 점차 진창 속으로 몰아넣지만, 그건 아프지 않지. 일탈이란 편한 점도 있으니까. 　　　　　　　　　　　- p.131~132

'모든 게 미정이야. 우리는 우리가 원하는 것이 될 수 있어.'(p.78) 라는 말로 니나는 우리 안에 있는 자아들 중의 하나에 우리를 고정시키지 말고 모든 가능성을 열어두라고 전하고 있다. 우리들에게 생을 살아감에 있어 스스로를 가두지 말고 거침없이 옳다고 생각한 대로 살아가라는 메시지도 주고 있다. 생에 대한 호기심을 가지고 모험적으로 살아간 그녀의 삶의 방식은 전후 세대의 젊은이들뿐만 아니라 지금의 우리들도 동경하는 모습일 것이다.

우리나라에 민주주의의 뿌리가 자리잡히기까지 많은 국민의 희생이 있었다. 지금의 대한민국을 살아가는 우리는 과거 민주주의를 위해 싸웠던 사람들에게 빚지고 있다. 민주주의를 위해 싸웠던 소중한 경험이 있었기에 현재의 국민도 부당함에 맞서 싸우는 행동, 즉 '커다란 충격'으로서의 촛불혁명을 일으킬 수 있었던 것이다. 그 결과 우리는 국민을 안전하게 지켜내지 못한 현직 대통령을 헌정 역사상 최초로 탄핵할 수 있었다. 촛불혁명은 우리의 마음속에 민주주의를 국민의 힘으로 지켜냈다는 자부심으로 남았다. 촛불혁명을 통해 일어난 국민의 모습은 진실을 추구함에 있어서 거침없이 행동하는 니나의 모습과 닮았다.

내가 제멋대로 살고 있다고 생각한다면 그건 틀렸어요.
저는 남들을 따라서 사는 게 아니라 내 삶을 살고 있어요.

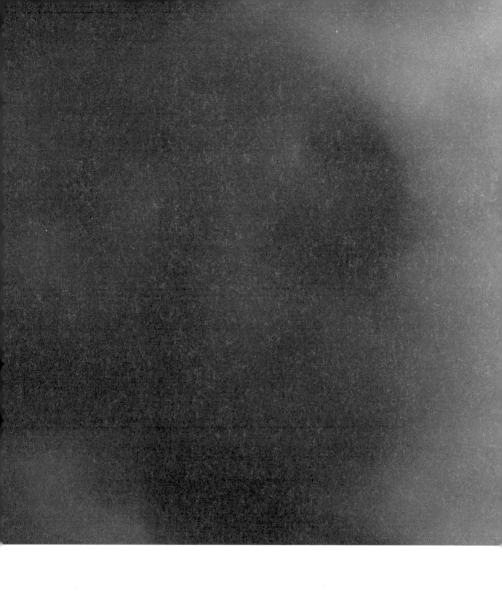

- 루이제 린저

사람은 사랑 없이도 살 수 있나요?

《자기 앞의 생》에밀 아자르/문학동네/2003

신애라, 차인표 부부는 본인들이 낳은 아들이 있었음에도 둘째와 셋째 딸을 공개 입양했다. 부부는 두 딸에게 입양한 사실을 숨기지 않고 그대로 이야기해주었다. 큰딸이 신애라 씨에게 준 편지에는 "엄마, 날 입양해줘서 너무 고맙고 가끔은 엄마한테서 태어났어도 좋겠다는 생각이 들지만 이제는 상관없다.", "엄마를 제일 사랑하고 엄마가 우리 엄마여서 좋고 우리 가족에 내가 입양돼서 너무 좋다. 내가 입양이 안 됐다면 어디서 어떻게 크고 있을지 모른다. 이건 기적."이라고 써 있었다.

(금강일보, 2020.7.27.)

이들 부부의 입양이 인상 깊었던 것은 두 딸에게 입양한 사실을 숨기지 않고 그대로 이야기해주었고, 딸들도 입양을 자연스럽게 생각하고 부모님에게 감사해하며 행복하게 살고 있어서이다. 우리나라에서 국내 입양 비율이 높아진 데에는 신애라, 차인표 부부의 공개 입양이 큰 영향을 주었을 것이다. 신애라 씨가 2019년 입양 문화 확산과 인식 개선에 힘쓴 공로로 보건복지부에서 국민훈장 동백장을 받은 것을 보면, 이들 부부의 공개 입양 사례가 한국 사회에 입양에 대한 긍정적인 인식을 심어주었다는 것을 알 수 있다. 이 가족의 이야기를 통해 우리는 가족의 의미에 대해 다시 한번 생각해보게 된다. 이제 가족은 내 혈족만이 아니라 다양한 구성원이 가족이 될 수 있고 서로 사랑하는 마음만 있다면 행복할 수 있다는 것이다.

로맹가리는 자신의 자서전과 같은 죽기 전의 마지막 인터뷰 책 《내 삶의 의미》에서 "내 책들이 무엇보다 사랑에 관한 책이라는 사실, 거의 언제나 여성성을 향한 사랑을 얘기했다는 사실을 이해하지 못한다면 내 작품을 이해하지 못한" 것이라 말했다. 하지만 로맹가리는 《자기 앞의 생》에서 여성에 대한 사랑보다 더 큰 의미의 사랑, 인류애나 휴머니즘을 이야기하고 있다.

《자기 앞의 생》은 자기의 실제 나이보다 많은 나이를 살고 있는 열네 살 모모와 그를 맡아 키워주는 유대인 창녀 출신 로자 아줌마와 따뜻한 이웃들과의 사랑과 우정에 대한 이야기이다. 모모의 눈에 비친 세상은 결코 꿈같이 아름다운 세상이 아니다. 아이의 눈으로 바라보기 때문에 세상은 더욱 각박하고 모진 곳이다. 아랍인, 아프리카인, 창녀들, 노인… 모모가 사랑하는 사람들은 모두 사회로부터 소외되어 밑바닥 인생을 살아가는 사람들이다. 하지만 그들은 누구보다도 서로 사랑하며 살아간다. 로자 아줌마를 비롯한 소외된 이웃들은 모두 소년을 일깨워주는 스승들이다. 소년은 이들을 통해 슬픔과 절망을 딛고 살아가는 동시에, 삶을 껴안고 그 안의 상처까지 보듬을 수 있는 법을 배운다.

로맹가리는 스스로를 타고난 소수자로 칭하며 자신은 좌파든 우파든 다수의 강한 자들에게 반대한다고 할 만큼 언제나 약자의 편이었다고 한다. 약자에 대한 옹호를 강조하던 작가이기에 소수자이자 약자인 모모와 아랍인, 아프리카인, 창녀들, 노인 같은 이웃들 간의 연대와 사랑을 보여주고 있다. 모모는 아버지에게 버림받은 창녀의 자식인 자신을 친아들처럼 사

랑으로 키워준 로자 아줌마를 성, 나이, 종교를 초월해서 진심
으로 사랑한다. 그녀가 치매에 걸려 죽음을 맞이하는 순간까지
옆에서 지켜준다. 따뜻한 마음으로 모모와 로자 아줌마를 도와
준 이웃들이 있어 모모는 열네 살이라는 나이에 감당하기 어
려운 고통스러운 생을 견뎌낼 수 있다.

하밀 할아버지가 노망이 들기 전에 한 말이 맞는 것 같다.
사람은 사랑할 사람 없이는 살 수 없다. 그러나 나는 여러
분에게 아무것도 약속할 수 없다. 더 두고 봐야 할 것이다.
나는 로자 아줌마를 사랑했고, 계속 그녀가 그리울 것이
다. 하지만 이 집 아이들이 조르니 당분간은 함께 있고 싶
다. 나딘 아줌마는 내게 세상을 거꾸로 돌릴 수 있는 방법
을 가르쳐주었다. 무척 흥미로운 일이다. 나는 온 마음을
다해 그렇게 되기를 바란다. 라몽 의사 아저씨는 내 우산
아르튀르를 찾으러 내가 있던 곳까지 다녀오기도 했다. 감
정을 쏟을 가치가 있다는 이유만으로 아르튀르를 필요로
할 사람은 아무도 없을 테고, 그래서 내가 몹시 걱정했기
때문이다. 사랑해야 한다.　　　　　　　　　　　　　　　- p.311

'모모는 철부지 모모는 무지개 / 모모는 생을 쫓아가는 시계 바늘이다 …… 날아가는 니스의 새들을 꿈꾸는 / 모모는 환상가 / 그런데 왜 모모 앞에 있는 / 생은 행복한가 / 인간은 사랑 없이 살 수 없다는 것을 / 모모는 잘 알고 있기 때문이다'

1978년 유행했던 '모모' 노래의 가사다. 이 책을 소재로 만들었다는 노래에서는 반복되는 가사가 나오는데, "사람은 사랑 없이도 살 수 있나요?"가 바로 그것이다. 이 가사는 이 책에서 계속되는 모모의 질문이기도 하다. 《자기 앞의 생》의 마지막 문장에서도 작가는 "사랑해야 한다."고 하지 않았는가!

남녀 간의 사랑, 부모와 자식 간의 사랑, 이웃들과의 사랑 등 어떤 사랑이든 우리는 사랑 없이는 살 수 없을 것이다. 로자 아줌마가 떠난 뒤에 그녀를 그리워하면서도 나딘 아줌마 가족들과 다시 생을 꿈꾸는 마지막 장면은 우리에게 안도와 희망을 안겨준다. 신자유주의의 그늘 아래에서 힘들게 살아가는 우리에게 필요한 것은 무엇보다도 가족, 이웃과의 따뜻한 사랑과 공동체 안에서의 돌봄과 연대라고 생각한다. 마지막 책장을 덮고 나서 느낀 내 결론도 "사람은 사랑할 사람 없이는 살 수 없다"이다.

그때 내 나이 여섯 살쯤이었고,
나는 내 생이 모두 거기 달려있다고 생각했다.

— 에밀 아자르

감염병과 싸우는 유일한 방법은
자기가 맡은 직분을 완수하는 성실성

《페스트》알베르 카뮈/민음사/2011

2020년 초 갑자기 발생한 신종 코로나바이러스 감염증(코로나19) 위기 속에서의 진짜 영웅은 누구일까? 국내나 해외 뉴스 기사와 SNS 등에서 정은경 질병관리본부 본부장과 한국의 선진적인 보건 의료시스템, 의료 현장에서 코로나19 환자들을 치료하는 의료인들에 대한 긍정적인 평가가 있다. 코로나19 초기 대구·경북 지역에 감염병이 확산되었을 때 전국에서 의료인 자원봉사자들이 감염 위험에도 불구하고 한걸음에 달려와주었다.

질병관리본부, 지자체, 의료진과 더불어 평범한 시민들 또한 진짜 영웅이다. 2월부터 몇 달 동안 장기화된 코로나19 때문에 일상생활에 많은 제약이 있음에도 많은 사람이 성실하게 개인위생 수칙을 준수하면서 강도 높은 사회적 거리 두기를 실천하고 있다. 코로나19 대유행 이후 첫 국가 선거였던 한국의 4.15총선이 큰 사고 없이 성공적으로 치러진 것 또한 국가기관의 철저한 준비와 성숙한 시민 의식이 빚어낸 성과였다. 개방적 민주주의와 공동체 정신을 존중하여 자발적으로 감염병 예방에 참여하고 있는 수많은 시민이 없었다면 지금과 같은 감염병 확산 억제는 불가능했을 것이다.

알베르 카뮈의 소설 『페스트』는 갑자기 들이닥친 '페스트'라는 비극적인 현실 속에서 페스트에 맞서 싸우는 인간들의 모습을 그리고 있다. 무서운 전염병이 휩쓴 폐쇄된 도시에서 재앙에 대응하는 사람들의 각기 다른 모습이 묘사된다. 인물들은 재앙에 대처하는 서로 다른 태도를 드러내 보인다. 그들의 모습을 통해 잔혹한 현실과 죽음 앞에서도 희망을 놓지 않는 것이야말로 이 부조리한 세상에 대한 진정한 반항임을 이야기한다.

페스트가 모든 것을 뒤덮어버린 오랑시에서 의사 리유가 목격한 환자들은 "멍울과 반점과 헛소리가 나올 정도의 고열과 마흔여덟 시간 이내의 임종"(p.73)으로 죽어갔다. 전면 폐쇄된 오랑시에서 시민들은 독 안에 든 쥐가 되어버렸다. 의사로부터 유행성 열병이라는 진단이 내려지면 바로 구급차에 실려가 격리되었다. 사랑하는 사람과 가족과 생이별을 해야 했다. 시에서는 죽은 환자를 장례식도 치르지 않고 바로 매장해버렸다. 개인적인 운명 같은 것은 있을 수 없었고 모든 것은 효율성을 위해서 희생되었다. 사람들이 가장 뚜렷하게 느꼈던 감정은 "생이별과 귀양살이의 감정", "공포와 반항"(p.221)이었다.

오랑시의 관리들은 상상력이 부족하여 페스트에 대항할 확신도 없었고 효과적으로 싸울만한 능력도 없었다. 결국 뜻 있는 일부 시민들이 당국에만 의지하지 않고 자발적으로 자원보건대를 조직해서 다른 시민들이 페스트에 맞서 싸울 수 있도록 도왔다. 의사 리유는 자기가 맡은 직분을 완수하는 성실성이야말로 페스트와 싸우는 유일한 방법이라고 강조했다.

"역시 이것만은 말해두어야겠습니다. 즉, 이 모든 일은 영웅주의와 관계가 없습니다. 그것은 단지 성실성의 문제입니다. 아마 비웃음을 자아낼 만한 생각일지도 모르나, 페스트와 싸우는 유일한 방법은 성실성입니다."

"성실성이 대체 뭐지요?"

"일반적인 면에서는 모르겠지만, 내 경우로 말하면, 그것은
자기가 맡은 직분을 완수하는 것이라고 알고 있습니다."

- p.216

변종 코로나 바이러스인 코로나19도 페스트와 마찬가지로 갑
자기 인류에게 들이닥친 재앙이다. 이 병은 감염되면 약 2~14일
(추정)의 잠복기를 거친 뒤 발열(37.5도) 및 기침이나 호흡곤란
등 호흡기 증상, 폐렴이 주 증상으로 나타난다. 코로나19는 백
신과 치료제가 아직 없고 확산 속도도 너무 빨라서 우리를 공포
에 질리게 한다. 코로나19의 갑작스러운 습격으로 전 세계 사람
들은 일상의 소중함을 빼앗겼고 보이지 않는 바이러스에 대한
공포와 죽음에 대한 두려움으로 대혼란에 빠졌다.

페스트가 창궐한 오랑시와 코로나19가 지속되고 있는 21세
기의 한국은 어떻게 다를까? 지금의 우리나라는 질병관리본부
의 지휘 아래 선진적인 보건의료시스템과 시민들의 개인위생
수칙의 철저한 준수로 감염병을 잘 통제하고 있다. 선진국들조

차 부러워하는 코로나19와 관련한 소중한 방역 성과는 자기가 맡은 직분을 성실하게 완수하고 있는 전문가 관료와 방역체계를 수행하는 공무원들, 지자체, 의료진, 시민들 덕분이다.

카뮈가 1947년 《페스트》를 출간하게 된 계기는 1939년 발발한 2차 세계대전 때문이다. 까뮈는 전쟁 당시 자신이 겪은 공포와 귀양살이의 분위기를 페스트라는 질병을 통해서 표현하고자 했다. 한가하고 습관에 젖은 삶 속으로 예고도 없이 들이닥치는 전쟁은 질병이나 죽음과 마찬가지로 부조리한 것으로 생각했다.

아직도 전 세계적으로 코로나19 팬데믹이 지속되고 있다. 우리나라 전문가들은 올가을 코로나19의 대유행을 경고하고 있다. 장기화된 코로나19에 사람들은 일상에 아직도 제한이 많고, 어려워진 경제에 삶도 팍팍하지만 생활 방역의 끈을 절대놓으면 안 될 것이다. 사람들 간의 관계나 장소 이동 같은 일상을 불가능하게 해버린 코로나19를 누가 상상인들 할 수 있었겠는가?

현대 문명사회에 사는 우리는 인간은 누구나 자유롭다고 믿고 있었다. 그러나 코로나19를 통해 재앙이 존재하는 한 그 누구도 자유로울 수 없다는 사실을 뼈저리게 깨닫게 되었다. 《페스트》를 통해 까뮈는 우리에게 전하고 있다. 언제든 인류에게 일어날 수 있는 전쟁이나 질병 같은 재앙을 겪지 않기 위해서 우리는 늘 겸손한 마음을 가지고 대비책을 세워야 한다고 말이다.

재앙이란 인간의 척도로 이해할 수 있는 것이 아니다. 그래서 사람들은 재앙이 비현실적인 것이고 지나가는 악몽에 불과하다고 여긴다. 그러나 재앙이 항상 지나가 버리는 것은 아니다. 악몽에서 악몽을 거듭하는 가운데 지나가 버리는 쪽은 사람들, 그것도 첫째로 휴머니스트들인 것이다. 왜냐하면 그들은 대비책을 세우지 않았기 때문이다. 우리 시민들이 딴 사람들보다 잘못이 더 많아서가 아니었다. 그들이 겸손할 줄을 몰랐던 것뿐이다. 그래서 자기에게는 아직 모든 것이 가능하다고 믿었으며 그랬기 때문에 재앙이란 있을 수 없는 일이라고 추측했던 것이다.   - p.55

인간이 페스트나 삶과의 경기에서 얻을 수 있는 전부는
경험과 기억이었다.
-알베르 카뮈

III
여
성

깨어나고 있는 힘

여성들이여, 글쓰기를 통해 자기 자신이 되라

《자기만의 방》 버지니아 울프/솔/2019

《며느리 사표》(영주, 사이행성, 2018) 라는 재미있는 책이 있다. 9남매 장남인 시아버지와 3남매 장남인 남편이 일군 시월드에서 23년간 살다가 시부모님에게 며느리 사표를 내고 남편에게는 이혼을 선언한 50대 여성의 이야기이다. 작가는 며느리, 아내, 엄마가 아닌 자신만의 꿈을 찾기 위해 독립하기로 결심한다. 자기만의 공간을 마련하여 그곳에서 글을 쓰고 낮잠 자고 책 읽고 영화를 봤다고 한다. 명절을 앞두고 며느리 사표라고 쓴 봉투를 내밀었을 때 화를 낼 줄 알았던 시부모님은 오히려 "10년이 걸리든 20년이 걸리든 아무런 부담 없이 편한 마음이 들 때 온다면 좋고, 안 와도 괜찮다."고 말씀하셨다고 한다. 그때 저자는 깨달았다고 한다. '그동안 나를 가둔 건 가부장제나 시어머니, 남편이 아니라 나 스스로였다는 사실'을 말이다. 자신만의 꿈을 찾기 위해 며느리 사표를 내고 자기만의 공간을 얻어 책을 썼다는 작가의 이야기를 통해 자연스럽게 버지니아 울프의《자기만의 방》이 연상되었다.

버지니아 울프는 1929년 출간된 페미니스트 평론《자기만의 방》에서, 여성들이 지적 자유를 갖기 위해서는 글을 써야 한다고 강조한다. 글쓰기를 통해 '자기 자신이 되고', '사물을 있는 그대로 보고', '실재reality를 파악'하라는 것이다. 글을 쓰기 위해서는 '자기만의 방'과 '일 년에 오백 파운드'가 필요하다는 당부도 잊지 않는다.

지적 자유는 물질적인 것에 의존하고 있습니다. 시는 지적 자유에 의존하지요. 그리고 여성들은 단지 이백 년 동안만이 아니라 역사가 시작된 이래로 줄곧 가난하였지요. 여성들은 아테네 노예의 아들들보다도 지적 자유가 더 없었던 것입니다. 따라서 여성은 시를 쓸 쥐뿔만 한 기회도 갖지 못했습니다. 이것이 바로 내가 돈과 자신만의 방을 그렇게

도 강조한 이유이지요.　　　　　　　　　　　　　- p.149

　버지니아 울프는 여성이 글을 쓰는데 필요한 것이 '자기만의 방'과 '일 년에 오백 파운드'라고 했는데 나는 여기에다 '자기만의 시간'을 추가하고 싶다. 나도 글을 쓰게 되면서 나만의 공간이 절실히 필요했다. 아들은 대학에 입학해 기숙사에서 지내고 남편도 직장에서 늦게 오기 때문에 집에는 거의 나만 혼자 있다. 하지만 집에서는 책을 읽을 때 집중이 안 되고 읽다 보면 어느새 졸고 있다. 그래서 책을 읽고 글을 쓸 때는 항상 카페나 스터디룸으로 간다. 원룸 같은 나만의 공간을 꿈꾸지만 경제적인 이유로 실천하기는 어렵다.

　원룸까지는 아니어도 집안에서도 식탁이든 책상이든 얼마든지 나만의 공간을 가질 수 있다. 바쁘게 집안일을 하면서도 짬을 내서 나만의 책상에 앉아 책을 읽고 음악을 듣고 영화도 보고 상상의 나래도 펴보자. 18세기, 19세기의 여성들은 자신만의 공간도 없이 공동의 거실에서, 글을 쓴다는 것도 감춘 채 글을 썼다고 하지 않는가. 그에 비하면 마음만 먹으면 언제 어디서든 글을 쓸 수 있는 지금의 여성들은 상대적으로 행복한 셈이다.

제인 오스틴은 생의 마지막 날까지 그런 식으로 글을 썼지요. 그녀의 조카는 회고록에서 이렇게 쓰고 있습니다. "그녀가 어떻게 이 모든 것을 성취할 수 있었는가 하는 것은 놀라운 일이다. 왜냐하면 그녀는 자주 갈 수 있는 서재가 따로 없었으며 대부분의 집필은 공동의 거실에서 그때그때의 온갖 종류의 방해를 받으며 이루어졌음에 틀림없으니 말이다."

- p.93

자기만의 시간을 확보하려면 직장 일과 집안일로 꽉 들어찬 시간 중에서 다른 사람의 도움을 받을 수 있는 일은 과감하게 가지치기를 해야 한다. 집안일은 가족들에게 양해를 구하고 도움을 요청한다. 글을 쓰는 시간은 오롯이 나 자신을 객관적으로 들여다볼 수 있는 시간이다. 이런 시간을 만들어낸다는 게 힘들 수도 있지만 나 자신이 행복해야 가정이나 직장에서 내가 더 능력을 발휘할 수 있기에 더욱 소중하다. 업무를 제외한 개인적인 일상에서 가장 중요한 것이 책 읽고 글 쓰는 일이다 보니 웃지 못할 에피소드가 있었다.

대학생 아들이 웃으며 내게 이렇게 말했다. "엄마는 내가 생각할 때 현모양처는 아닌 것 같아요. 예전에 학교 갔다 오면 내 밥을 차려준 건 항상 할머니였고 대학생이 된 지금도 엄마는 일이 바빠서 밥을 차려주지 못하는 날이 더 많잖아요." 아들에게 나도 웃으며 말했다. "원래 엄마 꿈도 현모양처는 아니었어."

　말은 그렇게 해도 내가 글을 쓰는데 남편과 아들은 최대한 존중과 배려를 아끼지 않고 있다. 처음에는 책 읽고 글 쓰느라 집 안일에 소홀해질 수밖에 없는 나를 이해하지 못했지만 직장을 다니면서 퇴근 후에 글 쓰는 사람으로 살겠다는 꿈을 이야기했더니 나의 뜻을 존중해주었다. 내가 독서 토론 모임에 나가거나 글을 쓰느라 집에 늦게 올 때는 알아서 밥을 차려 먹거나 밥을 밖에서 사 먹고 들어온다. 가족의 밥 문제가 해결되니 내게는 더 많은 시간과 여유가 생겼다. 남편과 아들이 밥 문제를 해결해주고 자기들의 일도 내가 신경 쓰지 않게 잘하고 있어서 가족에게 신경 쓸 일이 거의 없으니 나 자신에게 더욱 집중할 수 있게 되었다. 그 점을 가족들에게 항상 고맙게 생각한다.

　게다가 매월 두 번씩 토요일 아침마다 서울에서 하는 독서 모임에 남편과 아들도 같이 가준다니 얼마나 고마운 일인지 모른다. 업무와 공부 때문에 일 년에 한 권도 책을 읽지 못하는 남편과 아들에게 강제 독서라도 하게 하려고 제안했는데 흔쾌히 같이 간다고 할 줄은 몰랐다. 책 읽고 글 쓰는 기쁨을 우리 가족도 독서 모임에 나오게 되면 조금이나마 느낄 수 있지 않을까.

공간과 시간만큼이나 꼭 필요한 것은 '고정 수입'이다. '일 년에 오백 파운드'가 요즘의 경제 가치로 환산했을 때 얼마인지는 잘 모른다. 하지만 최소한의 인간다운 생활을 할 수 있는 수입이면 되지 않을까. 나는 28년간 교육청 소속 기관에서 근무하고 있는데 풍족한 연봉은 아니지만 생활비 걱정은 하지 않아도 될 만큼 벌고 있다. 내가 가족들 눈치를 덜 보며 글을 쓸 수 있는 것은 내게 안정적인 수입이 있기 때문이다.

그 시절의 쓰라림을 기억해보면 고정된 수입이 가져오는 엄청난 기질의 변화는 실로 괄목할만한 것이라고 말입니다. 세상의 어떤 강제력으로도 나에게서 내 오백 파운드를 빼앗아갈 수는 없지요. 음식과 집과 옷은 이제 영원히 내 것이지요.   - p.56

남자 대학의 잔디밭에 대학 연구원들과 학생들만이 들어갈 수 있었고, 도서관에는 대학 연구원을 동반하거나 소개장을 지녔을 경우에만 여성들이 들어갈 수 있었다는 사실은 지금은 믿기지 않는 과거의 일이다. 지금의 여성들은 버지니아 울프가 살았던 시대의 여성들처럼 "뭘 쓴다고? 당신이 글을 쓰는 게 무슨 소용이 있소?"하고 조롱을 받지도 않는다. 하지만 아직도 세상의 반인 여성은 여성보다 우월하기를 바라는 남성들의 욕망으로 인해 행복을 유예 당하고 있다.

버지니아 울프는 '몇 세기 동안의 철저한 훈련에 의해 얻어진 것이며 아무것도 그것을 대신할 수 없는 여성의 창조력'과 같은 여성 고유의 가치를 인식하고 여성처럼 글을 쓰고, 여성처럼 살고, 여성처럼 보여야 한다고 말하고 있다. 여성이라는 이유로 오랜 시간 동안 재산을 소유할 수 없어 늘 가난했고 드러내어 글조차 쓸 수 없었지만, 글 쓰는 일을 멈추지 않았던 여성 선배들의 전통 위에 지금의 우리가 있는 것이다.

버지니아 울프가 당부했던 것처럼 여성들은 글쓰기를 통해 자기 자신이 되어야 한다. 그리고 자신이 생각하는 바를 그대로 써 내려갈 수 있는 용기도 필요하다. 자신의 글을 쓰면서 인간들과의 관계로 인해 상처받지 말자. 글 쓰는 사람에게 다른 사람들의 말이나 글이 때로는 상처가 될 수도 있지만 말이다.

우리 각자가 연 오백 파운드와 자신의 방을 가진다면, 우리가 자유의 습관과 자신이 생각하는 바를 그대로 써 내려가는 용기를 가진다면, 우리가 공동의 응접실에서 조금은 빠져나와 인간을 늘 서로서로와의 관계에서가 아니라 실재와의 관계에서 보게 되고 또한 하늘과 나무를 혹은 무엇이든 간에 그것을 그 자체로서 보게 된다면 (…) 다만 우리는 홀로 나아가고 우리는 남자와 여자들의 세계뿐만 아니라 실재의 세계와도 관계를 맺고 있다고 하는 사실을 우리가 직면하게 된다면, 그러면 그 기회는 올 것이며 셰익스피어의 누이였던 그 죽은 시인이 그렇게 자주 내던졌던 육체를 입게 될 것입니다.   - p.157

책을 읽으며 몽상에 잠기고 길모퉁이를 어슬렁거리고
사색의 낚싯줄이 강물 깊이 드리워지게 하길 바랍니다.
– 버지니아 울프

이 세상 모든 김지영의 목소리를 꿈꾸며

《82년생 김지영》 조남주/민음사/2016

《82년생 김지영》을 함께 읽기로 한 때였다. 어느 회원이 도서관에 책을 빌리러 갔다가 제목을 착각해서 《72년생 김지영》을 빌려달라고 했다고 한다. 사서는 웃으면서 "가끔 책 제목을 잘못 얘기하는 분들이 있더라구요." 하면서 《82년생 김지영》을 찾아주었다고 한다. 그 회원은 "책을 읽어보니 어차피 72년생 김지영이나 82년생 김지영이나 삶이 별로 달라진 게 없더라."고 말하며 씁쓸해했다. 소설 속 김지영은 82년생인데도 60년대생인 내가 겪었을 법한 일들을 겪고 있었다. 법적으로는 여자들의 지위가 많이 향상되었다고 하지만 가정이나 사회에서는 아직도 여자들에게 전통적인 한국 사회의 여성상을 강요하고 있다.

2016년에 출간된 이 소설은 56쇄라는 엄청난 판매 부수의 베스트셀러가 되었고, 2019년에 원작소설이 영화회되어 많은 사람들에게 공감을 불러일으켰다. 이런 현상은 21세기 현대사회에서도 여성들의 처지가 별로 달라지지 않았음을 증명해 주는 것이다. 1999년에 남녀차별금지법이 생겼는데도 여전히 한국 사회에서 여자들은 차별받고 있다. '강남살인사건' 같은 여성을 대상으로 한 범죄를 보면 대한민국의 현주소가 보인다. 지금의 한국사회에는 여성에 대한 맘충, 김치녀라는 조롱과 여성 혐오적 시각에서 비롯된 폭력이 난무한다. 전문가들은 여성에 대해 폭력을 가하는 남성들의 심리에는 여성을 자기 통제하에 두려는 가부장적인 사고가 있다고 말한다.

나는 1923년생 홀시어머니를 모시고 11년을 살았다. 시어머니가 지금은 대학생이 된 아들을 초등학교 들어가면서부터 키워주셨고 시어머니와 엄마와 딸처럼 지냈다. 하지만 결혼 후 처음 몇 년은 한 건물에 살면서 시어머니 시집살로 마음고생을 많이 해야만 했다. 마흔셋에 얻은 막내아들밖에 모르는 여든이 넘은 시어머니와 시누이들의 모습이 지금까지도 잊히지 않는다. 시어머니는 남편과 손자는 끔찍하게 아끼면서도 직장 생활하느라 살림을 제대로 해내지 못하는 며느리를 늘 못마땅해하셨다.

시어머니는 생활력 없는 시아버지를 만나 평생 살림을 혼자 책임져왔다. 남편이 대학교 2학년 때 시아버지가 돌아가시고 혼자되신 후 칠 남매를 키우느라 더 억척스러워질 수밖에 없었는지도 모르겠다. 처음에는 할머니뻘 되는 시어머니의 생각이나 행동을 도저히 이해할 수 없었지만 같이 살면서 서로를 이해하게 되었고 시어머니의 인생이 불쌍하다는 생각이 들었다. 어려서부터 영특했지만 여자라는 이유로 정규 교육도 못 받고 평생 자식들 뒷바라지만 하다 돌아가셨다. 시어머니도 가부장적인 한국 사회에서 여자로 태어난 죄로 하고 싶은 일을 할 수 없었던 가엾은 여자일 뿐이라고 생각하니 연민의 감정이 생겼다. 그런 생각을 하면서부터는 시어머니께 진심으로 잘 해드리려고 노력했다.

《82년생 김지영》은 슬하에 딸을 두고 있는 서른네 살 김지영이 시댁 식구들이 모여 있는 자리에서 친정엄마로 빙의해 속말을 뱉어내고, 남편의 결혼 전 애인으로 빙의해 그를 식겁하게 만들기도 하며 이상 증세를 보인다. 이를 이상하게 여긴 남편이 김지영의 정신 상담을 주선하고, 그녀는 정기적으로 의사를 찾아가 자신의 삶을 이야기한다. 소설은 김지영의 이야기를 들은 담당 의사가 그녀의 인생을 재구성한 형식이다.

김지영이 시댁 어른이나 남편 앞에서 친정엄마나 결혼 전 남편에게 좋아한다고 고백했던 여자에 빙의된 채 속말을 뱉어내는 장면들은 섬뜩하다시피 하다. 평소 가슴 속에 쌓인 분노를 말로 제때 표현하지 못해서 정신이 이상해진 것 같아서다. 김지영을 대변해서 나오는 그녀들의 미처 못다 한 말… 처음부터 김지영이 하고 싶은 말을 못 하고 살았던 것은 아니었다. 하지만 그녀는 가정, 직장, 사회에서 여자라는 이유로 손해를 보고 차별받으면서 점점 자신의 목소리를 잃었고 정신까지 이상해졌다.

공원에서 만난 어떤 남자는 그녀에게 '남편이 벌어다 주는 돈으로 커피나 마시러 다니는 맘충'이라고 했다. 전철 안에서 어떤 젊은 여자는 임신한 김지영에게 마지못해 자리를 비켜주며 상처 주는 말을 내뱉기도 했다. 김지영에게 상처를 준 사람들은 여성 혐오를 공공연하게 표출하는 남자들뿐만 아니라 같은 여자이면서도 상처 주는 사람들이 있었다. 김지영은 육아를 전담하고 있지만 가사 노동의 가치를 인정받지 못했고, 가정, 직장, 사회에서의 은밀한 차별에 하고 싶은 말을 제대로 할 수조차 없는 현실을 겪어야 했다.

그녀가 결국 정신이 이상해진 이유는 한국 사회에 뿌리 깊이 자리한 여성 차별과 여성 혐오 때문이다. 용기 내어 말을 한다 해도 변하지 않는 현실에 무력감을 느낄 수밖에 없을 것이다. 여성 혐오가 벌어지고 있는 지금의 한국 사회에서 여자들이 하고 싶은 말을 하고 살면 무슨 일이 생길지 예측할 수 있다. 하지만 언제까지나 남자들의 여성 혐오나 여성에 대한 폭력에 목소리도 못 내고 숨죽여 살아야 하나? 여자들을 지킬 수 있는 사람은 다름 아닌 여자들 자신밖에 없다. 강남역 살인사건으로 희생된 또 다른 김지영을 보면서 많은 여자들이 나의 일이 될 수도 있었던 사건에 얼마나 충격을 받았던가!

이러한 현실에서도 소수의 용기 있는 여자들은 꾸준히 목소리를 내고 있다. 여성 혐오가 만연한 한국 사회에서 여자들이 스스로를 지킬 힘은 이 세상의 모든 김지영들이 자신의 목소리를 내면서 연대하고 행동하는 일에서 나온다. 다른 여자가 겪는 고통을 자신의 일이 아니라고 외면하지 말아야 한다.

여성 혐오와 같은 비인간적인 폭력에 반대하는 뜻있는 남성들과 함께 나아가야 한다. 어떠한 인간도 다른 인간을 통제하고 존엄을 짓밟는 폭력을 행사할 수는 없다. 여성 혐오에 반대하는 일은 여성과 남성을 편 가르는 것이 아니다. 다만 우리 사회에서 '모든 인간은 존중받고 평등해야 한다.'는 차별 금지의 정신을 선언하는 것이다.

법이나 제도가 가치관을 바꾸는 것일까,
가치관이 법과 제도를 견인하는 것일까.
– 조남주

나는 레즈비언 딸을 둔 엄마예요

《딸에 대하여》 김혜진/민음사/2017

"제가 다니던 직장에서 1년 전에 부당한 해고를 당했어요. 나는 정당하고 옳은 일을 했다고 믿는데 아무도 내 얘기를 받아들이지 않더라구요. 그렇게 배척당하고 집으로 돌아오는 날 지하철을 탔는데, 어느 순간 갑자기 '지하철 안의 모든 사람들은 나와 다른 세계에 있고, 나만 동떨어져서 혼자만의 세계에 버려져 있다.'는 느낌이 왈칵 몰려왔어요. '아, 이 괴리감이 우리 딸이 끊임없이 말하던 그것이구나.' 싶었지요. 내 딸이 늘 이런 느낌으로 살아왔구나. 딸한테 "누가 너의 섹스라이프를 궁금해하겠어? 연애하는 것만 밖으로 드러내지 않으면 될 거 아냐?" 했었는데, 그게 얼마나 가슴 아픈 폭언이었는지 새삼 느꼈어요. 누구를 사랑하며 사는 것이 근원적인 에너지가 되고,

그게 사회적으로 자신의 가치와 자존감을 세우는 것으로 이어지는데, 난 그걸 분리시키라고 한 거예요. 딸한테 진심으로 사과했어요. "너는 온통 세상과 싸우고 있는데, 엄마는 그걸 오늘에야 이해했구나. 미안하다." 하니까, 눈만 껌벅껌벅하며 듣던 딸이 눈물을 쏟더라구요. 둘이 손잡고 펑펑 울었어요."

'성소수자 부모 모임'에서 활동하는 레즈비언 딸을 둔 뽀미(닉네임) 엄마의 인터뷰 내용이다. 그녀도 딸이 17살 때 처음으로 "엄마, 난 여자가 좋아."라고 얘기한 후 딸을 제대로 이해하기까지 6년이 걸렸다고 한다. 그녀는 2016년에 서울에서 개최된 퀴어문화축제에서 '성소수자 부모 모임'의 프리허그 동영상으로 SNS상에서 유명해졌다. 엄마의 마음으로 성소수자 젊은이들을 따뜻하게 안아 주었고 그들도 와락 안기면서 눈물을 쏟아냈다.   (한계레, 2016. 7.10.)

《딸에 대하여》는 레즈비언 딸을 둔 엄마의 이야기다. 전직 교사였던 화자는 남편을 잃고 요양보호사로 일하고 있다. 평범한 삶을 살기 바라는 화자(엄마)는 레즈비언 딸을 이해하기 어렵고, 성소수자에 대한 불평등한 사회의 시선도 힘겹다. 나와 상관없는 사람이라면 어떤 다양성도 응원하고 지지해줄 수 있지만 내 딸, 내 자식은 그러지 않기를 바라는 엄마의 마음을 가지고 있다. 하지만 결국 딸의 삶의 방식을 받아들이게 된다.

이 책을 토론하면서 독서 모임 회원들은 소설 속에서 자신의 딸이 레즈비언임을 알게 된 엄마의 심정에 몰입해서 이야기를 나누었다.

"내가 만약 이 소설 속 엄마의 입장이라면 어떤 기분이 들지 이야기 나눠주실까요?

"나와 상관없는 사람이라면 성소수자를 응원하고 지지해줄 수 있지만 내 자식이 성소수자라고 커밍아웃을 한다면 저는 받아들이지 못할 것 같아요."

"엄마와 딸의 이야기를 통해 나는 자식에게, 가족에게 어떤 역할을 하고 있는가를 돌아보는 계기가 되었어요."

"레즈비언 딸과 동성 연인이라는 에피소드를 통해 법적 의미까지는 아니어도 실제적인 가족에 대한 생각이 많이 변하고 있다는 생각이 듭니다. 하지만 변화를 받아들이느냐의 여부는 기존의 가족관에 대한 사회적 변화가 필요할 것 같아요."

소설 속에서 엄마의 집에 들어와 같이 살게 된 레즈비언 딸과 딸의 연인은 자기들끼리 그린과 레인으로 부른다. 내 삶 속에서 태어난 딸은 이제 엄마와 아무 상관이 없다는 듯 굴고 있다. 그린과 레인이라는 이름은 엄마와 딸의 단절된 관계만큼이나 낯설고 당혹스럽다. 자식을 가진 부모로서 이 소설 속의 엄마가 딸에 대해 느꼈을 낯섦, 당혹감, 분노, 연민 같은 복잡한 감정들이 이해가 되었다.

그냥 있는 그대로를 그러려니 봐주면 안 되는 거야? 내가 뭐 세세하게 다 이해를 해달라는 것도 아니잖아. 세상엔 다양한 사람들이 있다며? 각자 살아가는 방식이 다르다며? 다른 게 나쁜 게 아니라며? 그거 다 엄마가 한 말 아냐? 그런 말이 왜 나한테는 항상 예외인 건데! - p.106

하지만 엄마는 딸과 딸의 연인 레인, 요양보호사인 자신의 돌봄을 받고 있는 젠과의 관계를 통해 서서히 변해간다. 그녀들과 관계를 맺고 서로 돌봐주면서 서서히 성장한다. 도저히 받아들일 수 없을 것 같았던 레즈비언 딸을 이해하고 지지하게 된다. 상관도 없는 남이란 존재하지 않으며, 단절된 그녀들을 서로 연결된 우리로 이해하게 된 엄마의 변화를 느낄 수 있다. 엄마의 성장소설이라고 이야기해도 좋을 만큼 생각의 변화가 잘 드러나기 때문에 엄마들이 더욱 공감할 수 있을 것이다.

소설 속 화자(엄마)처럼 성소수자라도 나와 상관없는 사람들에게는 지지와 격려, 응원 같은 좋은 말을 할 수 있다. 그러나 자기 가족 중 누군가가 성소수자라는 사실을 알게 된다면 진실을 받아들이는 데 오랜 시간이 필요할 것이다. 하지만 성적 지향이나 성 정체성은 질병이 아니므로 "억지로 바꾸려는 어떤 시도도 실제 효과가 없었다는 게 이미 국제적으로 증명되었다."(한겨레, 2016.7.10.)고 한다. 그렇다면 '성소수자 부모 모임'의 부모들처럼 내 아이를 있는 그대로 받아들여 줄 수는 없을까. 성소수자 부모들이 "나는 레즈비언 딸, 게이 아들을 둔 OO 엄마, OO 아빠예요."라고 이야기할 수 있는 용기를 낼 수 있을 때까지 우리 사회가 그들을 응원하고 지지해줄 수 있어야겠다.

그냥 우리는 여기 있어요. 여기 있다고요.
그래. 너희가 여기 있구나. 그렇게 알아주는 것.
저희가 원하는 건 그뿐이에요.

- 김혜진

새로운 사유 방식으로서의 페미니즘

《페미니즘의 도전》 정희진/교양인/2005

어느 날 밤 TV 뉴스를 보다가 남편과 사소한 말다툼을 했다.

"전 여자친구라면서 SNS에 사적인 남녀관계를 폭로한 거 자체가 너무 심한 것 아니야?"

"당신은 무슨 그런 말을 해요? 카톡에 폭로된 내용이 사실이라면 이건 데이트 폭력이라구요. 요즘 성인지 감수성이 얼마나 예민한데 그런 소릴 해요, 당신?"

한밤의 말다툼 원인은 더불어민주당이 2020년 총선을 앞두고 영입한 20대의 한 정치인 때문이었다. 그는 데이트 폭행 논란 때문에 민주당 영입 인재 자격을 당에 반납했다. 그의 전 여자친구라고 밝힌 여자는 온라인 커뮤니티에서 "○씨가 했던 행동들은 엄연히 데이트 폭력이었고, 전 진심으로 사과를 받고 싶었는데 그는 전혀 미안하다고 하지 않았다."며 "명예훼손으로 고소당하는 거 전혀 무섭지 않다. 공인이 아니어도 충분히 비판받아 마땅한 사건인데 이대로 묻는 것은 옳지 않다고 생각한다."고 글을 올렸다. 카톡에 폭로된 내용의 진실 여부는 경찰 조사나 소송을 통해 밝혀지겠지만 만약 그 내용이 진실이라면 정상적인 연인 간의 문제가 아니라 엄연한 데이트 폭력이고 성폭력이다.

뿌리 깊은 가부장제 사회인 한국에서는 남자들이 여자들을 자신보다 못한 존재라고 생각하며 은근히 무시하고, 남녀관계는 사적인 영역이라고 생각하는 것 자체가 문제다. 요즘 들어 데이트 폭력과 가정 폭력을 사회 문제로 인식하기 시작한 것은, 여자들이 자신을 삶의 주체로 생각하게 된 사회적 변화 때문이라고 생각한다. 연인이나 부부 사이의 일은 사적인 영역이므로 공적인 힘이 관여해서는 안 된다고 생각해 온 잘못된 관행이 데이트 폭력과 가정 폭력을 키운 주범이다. 사적인 영역이라는 이유로 각종 폭력에 방치된 여성들도 결국은 인권을 존중받아야 할 대한민국의 국민인 것이다.

정희진은 페미니즘을 '남녀에 관한 이슈에 국한하지 않고 삼라만상(인식의 모든 대상)에 대한 새로운 사유 방식, 접근 방식, 논의 방식이라는 인식의 방법'(p.16)이라고 했다. 그러나 한국 사회에서는 페미니즘에 대해 제대로 이해하지 못하고 대부분의 남자들과 일부 여자들까지 과격한 여성운동이라고 여기는 편견을 가지고 있다. 2005년에 초판된 이 책이 2013년에 개정증보판을 내고 3쇄까지 찍은 걸 보면 페미니즘에 대한 대중적인 관심이 높아진 사회적 변화를 느낄 수 있다.

이 책의 내용이 신선하게 다가온 이유는 페미니즘이 남녀의 이분법적인 대립이 아닌 새로운 사유 방식이라는 의견 때문이다. 역사 속에서 남성들에게 무시당하고 차별받아온 여성만을 이야기하는 게 아니라 '남녀노소 인류 모두를 괴롭히는 자본의 고속 질주나 환경 파괴, 경쟁 중심의 세계관, 장애인과 노인, 약자 비하, 기아와 질병을 보는 다른 관점'(p.16)을 제시하고 있어서이다. 작가는 '여성이라는 자신의 사회적 위치를 깨닫고 삶을 성찰하기 시작하면 여성주의 사상과 만날 수밖에 없기 때문이다.'(p.43)라고 이야기한다. 페미니즘은 별다른 불편함을 느끼지 못하고 미디어에서 쏟아져 나오는 대로 수용해온 사회적 현상들을 새로운 시선으로 바라볼 수 있게 해줄 것이다.

> 여성주의는 우리를 고민하게 한다. 남성의 경험과 기존 언어는 일치하지만, 여성의 삶과 기존 언어는 불일치한다. 남성 중심적 언어는 갈등 없이 수용된다. 하지만 여성주의는 기존의 나와 충돌하기 때문에 세상에 대해 질문하지 않을 수 없게 만든다. 그래서 여성주의는 여성만을 위한 것이 아니다. 남성에게, 공동체에, 전 인류에게 새로운 상상력과 창조적 지성을 제공한다.   - p.23~24

페미니즘은 세상을 아는 방법으로서의 새로운 대안적인 시선이다. 여성주의적인 시선으로 사회현상을 바라볼 때 우리는 삶의 주체로서 세상에 대해 질문을 하지 않을 수 없게 된다. 그런 의미에서 페미니즘은 남성과 여성 모두를 위한 것이다. 대안적인 시선으로 사회현상을 바라볼 수 있어야 사회의 소수자와 약자를 향한 편견도 극복할 수 있을 것이다.

우리 민족은 예로부터 '우리', '공동체'를 중요하게 생각해왔다. 소수자와 약자를 대하는 편협한 생각에서 벗어나 '우리'라는 큰 틀에서 포용하는 마음을 가져야 한다. 자본주의의 그늘 아래 경쟁 사회에서 살아가고 있지만 '나'를 알고 '우리'를 생각하는 마음으로 살아간다면 조금이라도 더 살만한 세상을 만들 수 있지 않을까. 페미니즘은 한때의 흘러간 사상이 아니다. 시대를 막론하고 우리 삶 속에 공기처럼 스며있어야 하는 사유 방식이다.

페미니즘에 대해 알고 싶어 하고, 사회현상을 새로운 시선으로 바라보고 싶어 하는 사람들에게 남녀를 불문하고 페미니즘의 대중적인 교과서라고 평가받는 이 책을 추천하고 싶다. 작가의 말처럼 가족으로서 어머니와 딸을 가진 사람들은 어느 정도는 페미니스트일 수밖에 없을 테니까 말이다.

나의 변태는 곧 사회의 변화이다.
사회와 나는 연속선상의 한 몸인데,
어느 지점에서 그 몸을 자를 수 있단 말인가?
- 정희진

일상에서 마주하는 작은 폭력

《남자들은 자꾸 나를 가르치려 든다》 리베카 솔닛/창비/2015

가수 겸 배우 설리(최진리)가 2019년 10월 14일 세상을 떠났다. 사이버 언어폭력과 악성 루머에 시달리다 꽃다운 나이에 죽음을 선택한 것이다. 설리가 죽은 이유가 여성 혐오성 악플 때문이라는 사실이 알려지면서 많은 사람들이 그녀의 죽음을 안타깝게 생각하고 자성의 목소리를 내고 있다.

제2의 설리를 만들지 않기 위해 청와대 국민 청원 게시판에 "인터넷 실명제를 부활시켜달라"고 청원하고, 여성 혐오는 사회적 폭력이라는 경각심을 갖자고 말한다. 전문가들을 비롯한 사람들은 지금의 대한민국을 혐오 사회라고 한다. 여성뿐만 아니라 성소수자, 장애인, 청소년, 이주민, 난민 등 사회적 약자에 대한 무차별적 혐오가 도를 넘어섰다.

이런 상황인데도 정부와 국회에서는 혐오 표현을 추방하는 차별금지법 제정을 미루고 있다. 차별금지법제정연대는 공동결의문을 통해 "정치인들의 비겁한 침묵을 끝낼 것"이라며 "혐오 선동 세력의 눈치를 보며 평등을 모른 체한 결과 혐오가 민주주의를 능멸하고 있다"고 강조했다. (서울신문 기사, 2019. 10. 19.) 소 잃고 외양간 고치는 격이기는 하지만 제2의 설리를 막자며 국회에서도 사이버 폭력 예방 교육을 실시하도록 하는 국가정보화기본법 개정안, 악플방지법, 인터넷준실명제법이 발의될 계획이다.

미국에서 온라인 아이디를 쓰는 젊은 여성이 캘리포니아주 아일라비스타에서 일어난 총기 학살* 다음날 #여자들은다겪는다 해시태그를 붙여서 트위터에 글을 올리기 시작했다. 그러자 #여자들은다겪는다 해시태그를 붙인 트윗이 전 세계에서

---

* 2014년 5월 23일 금요일 밤, 22세의 엘리엇 로저가 자신의 아파트에서 캘리포니아 대학 샌타바버라 분교에 다니는 남자 대학생 세 명을 칼로 찔러 죽인 뒤 같은 학교 여학생 클럽으로 가서 총으로 여학생을 비롯한 세 명을 더 쏘아 죽이고 행인들에게도 무차별 총격을 가하며 달아나다가 결국 차 안에서 총으로 자살했다.

50만 건이나 작성되었다고 한다. 리베카 솔닛은 "꼭 댐이 터진 것 같았다. 그 문구는 여자들이 직면한 지옥과 공포를 묘사한 말"(p.182)이었다고 말했다.

그가 벌인 광란극의 목표는 여학생 클럽의 회원들을 처단하는 것이었던 모양이다. 그는 자신이 여자들에게 성적으로 접근하지 못하는 상황을 여자들이 자신에게 모욕을 가하는 상황으로 해석했던 듯하다. 자신에게 권리가 있다는 의식과 자기연민이 슬프게 뒤섞인 감정 상태에서, 그는 여자들에게는 자신을 만족시킬 의무가 있다고 믿었다.

- p.180~181

제이 추라는 여성은 트위터에 이렇게 올렸다.

"물론 모든 남자가 다 여성 혐오자나 강간범은 아니다. 그러나 요점은 그게 아니다. 요점은 모든 여자는 다 그런 남자를 두려워하면서 살아간다는 점이다."   - p.183

리베카 솔닛은 이 책에서 맨스플레인, 페미니즘, 강간 문화,

성적 권리 의식 등 여성 혐오와 관련된 용어들을 정확한 데이터와 함께 자세한 사례를 들어 이야기하고 있다. 페미니즘과 관련된 무거운 주제를 이야기하고 있지만 문체는 시종일관 유머러스하고 이야기는 술술 읽힌다. 우리가 자유분방하고 민주적이라고 생각했던 미국에서 일어난 일들이 지금의 대한민국에서 벌어지고 있는 일들의 데자뷰인 것 같아서 너무 놀랐다. 여성 혐오와 페미니즘은 모든 나라에서 일어나고 있는 세계적인 현상이고 여자들이 끊임없이 싸워나가야 할 사회적 문제인 것이다.

언어는 힘이다. '고문'을 '선진적 심문'으로 바꾸거나 살해된 아이들을 '부수적 피해'로 바꾸는 것은 의미를 전달하는 언어의 힘을, 우리로 하여금 보고 느끼고 마음을 쓰도록 만드는 언어의 힘을 망가뜨리는 일이다. 그런데 이것은 양면의 날이다. 우리는 단어의 힘을 이용해 의미를 묻어버릴 수 있지만, 의미를 드러낼 수도 있다. 만일 우리에게 어떤 현상이나 감정이나 상황을 가리키는 단어가 없다면, 우리는 그것에 대해서 말하지 못한다. 그것은 그 문제를 다룰 수 없다는 뜻이며, 하물며 변화시키기란 더더욱 불가능하다. (…) 특히 페미니즘에서는 더 그럴 것이다. 무릇 페미니즘은 목소리 없는 사람들에게 목소리를 주고 힘없는 사람들에게 힘을 주는데 집중하는 운동이니까.

- p.189~190

인터넷상에서의 여성 혐오적 표현은 특히 여자 연예인들에게 무차별적으로 쏟아진다. 일반인들도 예외는 아니다. 그래서 여자들은 감히 페미니스트라고 밝히기가 두렵다. 여자들이 의견을 말할 때 "나는 페미니스트는 아니지만…" 하고 입을 뗀다고 하는 웃픈 이야기가 있다. 여자들이 페미니즘에 관한 자신의 소신을 밝히는 일이 왜 익명의 사람들에게 공격을 받아야 하는 일일까? 페미니즘 운동을 여성 대 남성의 성 대결로 볼 것이 아니라 사회적 약자에게 차별 대신 평등을 통해 인간의 존엄성을 지킬 수 있도록 도와주는 일로 봐야 하지 않을까? 이렇게 이해한다면 남자들이 페미니즘을 급진적 사상으로 보는 편견은 사라질 수 있을 것이다.

'온라인은 온통 맘충·틀딱·좌좀·수꼴… 혐오의 그물에 갇힌 대한민국'(news1, 2019. 10. 21.)이라는 인터넷 기사를 보았다.

혐오 표현은 여성들뿐만 아니라 사회적 약자 전반을 향해 무차별적으로 쏟아지고 있다. 이러한 혐오 표현의 가장 큰 문제점은 성인들뿐만 아니라 청소년들조차도 일상에서 '재미나 농담', '남들도 사용하니까'라는 이유로 문제의식 없이 사용하고 있다는 점이다. 이 기사 내용처럼 혐오 표현을 유튜브 등 사이버 공간에서 돈벌이로 악용하는 나쁜 성인들 때문에 청소년들이 이런 환경에 무방비로 노출돼 있다는 점이다.

'말이 칼이 될 수 있다'란 말이 있다. 설리가 여자 연예인이라는 이유로 여성 혐오적 댓글에 시달리다 죽음을 선택했다면 그녀의 죽음은 누구에게 책임이 있을까? 동시대를 살아가는 우리에게는 저마다 자기 몫의 책임이 있다.

페미니즘은 여전히 여자들의 문제로 여겨진다. 여성 혐오는 사회적 약자 전반에 대한 무차별적 혐오의 일부분일 뿐이다. 리베카 솔닛은 혐오와 관련해서 피해자들만 나서서는 제대로 해결할 수 없다고 말한다. 피해자들과 연대하고 함께 싸워줄 든든한 지원군이 있어야 한다는 뜻이다. 남자들도 리베카 솔닛의 말처럼 "페미니즘이 남성의 권리를 빼앗으려는 계략이 아

지극히 사적인 그녀들의 책 읽기

니라 모두를 해방시키려는 운동"이라는 점을 이해하고 여자들을 응원해주는 페미니스트가 되었으면 한다. 페미니즘은 사회적 약자들이 인간의 존엄성을 지킬 수 있도록 도와주는 민주주의의 기본가치니까 말이다.

우리 행동의 효과는 우리가 예견하지 못한,
심지어 상상하지 못한 방식으로 펼쳐질 수 있다.

— 리베카 솔닛

여성과 남성 모두 페미니스트가 되자

《우리는 모두 페미니스트가 되어야 합니다》
치마만다 응고지 아디치에/창비/2016

"여자들이 겪는 세상은 남자들과는 다르고 더 어렵다는 말이 무슨 뜻인지 모르겠어. 옛날에는 그랬을지 몰라도 지금은 아니야. 요즘은 여자들에게도 아무 어려움이 없어."

치마만다 응고지 아디치에는 이 책에서 똑똑하고 진보적인 남성 친구조차도 이런 말을 했다고 언급했다. 그런데 이 말이 어딘지 모르게 익숙하다. <82년생 김지영> 영화에 관객이 많이 들었다는 말을 듣고 궁금해서 영화를 봤다는 20대 초반의 우리 아들이 한 말과 토씨 하나 안 빼놓고 똑같다. 아들은 내게 또 이렇게 뼈있는 말을 던졌다.

"그런데 솔직히 엄마는 친할머니가 살림을 도와주고 친할머니와 외할머니가 나를 키워주시고 해서 별로 안 힘들었잖아요. 그래서 영화 내용이 별로 공감이 안 돼요."

어째서 내 눈에는 이토록 명백한 영화 속 여성들의 차별을 우리 아들은 보질 못하는지 안타까웠다.

나이지리아에서 태어나고 자란 작가가 분노한 이야기들을 읽어보면 나이지리아와 한국이라는 나라의 상황이 별로 다르지 않은 것 같다. 작가는 성차별적인 사회의 부조리가 결국은 남자와 여자 모두가 자라면서 받은 성차별적인 잘못된 교육 때문이라고 말한다. 여자들뿐만 아니라 남자들도 성차별의 피해자라는 것이다. 우리나라에서도 남자들은 강인해야 하고 자신의 감정을 쉽게 드러내서는 안 되며 '능력과 경제력이 남자의 인격이다'라는 잘못된 성고정 관념을 강요받고 있다. 작가가 TED에서 강연한 '우리는 모두 페미니스트가 되어야 합니다'라는 강연이 유명해지면서 스웨덴에서는 이 책을 고등학생들에게 성평등 교재로 삼았다고 한다.

우리가 남자들에게 저지르는 몹쓸 짓 중에서도 가장 몹쓸 짓은, 남자는 모름지기 강인해야 한다고 느끼게 함으로써 그들의 자아를 아주 취약하게 만든다는 것입니다. 남자들이 스스로 더 강해져야 한다고 느낄수록 사실 그 자아는 더 취약해집니다. 또한 우리는 여자아이들에게도 대단히 몹쓸 짓을 하고 있습니다. 여자아이들에게는 남자의 그 취약한 자아에 요령껏 맞춰주라고 가르치기 때문입니다. 우리는 여자아이들에게 자신을 움츠리라고, 자신을 위축시키라고 가르칩니다.

- p.31

우리나라에서도 학생들에게 성평등 교육을 예전보다는 많이 하는 것 같다. 하지만 요즘 사회적 문제가 되는 성폭행, 사이버 성폭력 사건들을 접하다 보면 학교에서 하는 성평등 교육이 과연 실효성이 있나 하는 생각이 든다. 게다가 어른들의 잘못으로 아이들은 왜곡된 성인식을 심어 줄 수 있는 나쁜 환경에 너무나 쉽게 노출돼 있다. 학교에서의 교육만으로는 역부족이다. 가정에서 부모가 제대로 교육하고 사회에서는 잘못된 성고정 관념과 성인식을 바로잡을 수 있도록 강력하게 제도적으로 지원해야 한다.

작고한 케냐의 노벨 평화상 수상자 왕가리 마타이는 "높이 올라갈수록 여자가 적어진다."(p. 20)라고 말했고, 치마만다도 이렇게 이야기했다.

"세상에는 남자보다 여자가 약간 더 많습니다. 세계인구의 52%가 여성입니다. 하지만 권력과 명예가 따르는 지위의 대부분은 남자가 차지하고 있습니다."　　　　　- p.20

어느 조직에서건 여성이 최고위층으로 올라가는 일은 아주 드물고 힘들다. 그나마 공무원 조직에서는 일정한 직급까지는 공정하게 승진할 기회가 주어진다. 하지만 고위직으로 올라갈수록 여성이 유리 천장을 깨기는 점점 힘들어진다. 조직 사회에서 남자들은 업무와 능력이 아닌 술자리, 동문회, 향우회 등 비업무적인 네트워크를 통해 서로 챙겨준다. 이런 2차적인 네트워크를 여자들이 따라가기는 힘들다.

그런 이유에서 여자들도 네트워크가 필요하다. 이 책으로 토론하면서 막연하게 생각했던 여자들의 연대에 대해서 확신이 생겼다. "우리들은 독서 토론 모임이라는 건전하고 창의적인 문화 네트워크를 가지고 있다"라는 자부심을 가지게 되었다. 한 달에 한 번 우리는 다양한 책을 읽고 토론하면서 여성으로서의 정체성과 조직에서의 역할에 대해 생각할 기회가 많았다.

"우리 조직에는 여성 관리자 협의회가 있는데요. 어떤 여성 공무원들은 예전에 여성 관리자가 많이 없었을 때는 이런 조직이 필요했겠지만 이제 여성 관리자가 많아졌는데도 여성 관리자 조직이 필요한지에 대한 의문이 든다는 이야기를 하기도 해요. 여러분들은 이런 의견에 대해 어떻게 생각하세요?"

"우리 조직에 사무관 이상의 여성 관리자 수가 많이 늘어난 것은 사실이에요. 하지만 서기관 이상의 고위 관리자는 아직 많지 않은 것 같아요. 고위직에 여성들도 많이 진출할 기회가 있었으면 해요. 남성들에 비해 여성들은 상대적으로 네트워크가 없으니 여성 관리자 협의회나 여성 관리자 독서 모임 같은 조직이 필요하다고 생각합니다."

"여성 관리자 조직을 좋지 않게 생각하는 남성들도 있다고 합니다. 여성, 남성 구분하지 않고 전체가 참여하는 조직이 필요하다고 생각해요. 여성과 남성이 서로 경쟁자가 아닌 협력하는 동료로서 일할 수 있는 직장 분위기가 만들어졌으면 합니다. "

지금은 다양성과 창조력이 화두가 되는 글로벌 시대이다. 여성과 남성이 서로에 대한 고정 관념에서 벗어나 협력하고 보완하면서 보다 효율적·창의적으로 일할 수 있도록 제도를 개선하고 문화를 조성하며 새로운 관행을 만들어가야 할 것이다.

젠더는 전 세계 모든 나라에서의 공통적인 문제다. 남자들은 여자들이 페미니즘을 이야기할 때 무조건 반감만 가지지 말고 그들의 이야기에 귀 기울이고 마음을 열어주었으면 한다. 가정과 학교, 사회에서 고정된 성 역할을 강요하지 않으려는 모두의 노력이 필요하다. 여성, 남성 구분하지 말고 인간 그 자체로서 존중받는 세상을 가르쳐야 할 것이다.

21세기의 페미니즘은 과거와는 달라야 한다. 진정한 성 평등을 위해서 여성과 남성 모두 페미니즘적인 사고를 해야 한다. 고정된 성 역할을 벗어버리고 여성과 남성 모두 행복한 페미니스트가 되자.

만일 여자도 온전한 인간이라는 사실을 인정하는 것이
정말 우리 문화에 없던 일이라면,
우리는 그것이 우리 문화가 되도록 만들어야 합니다.

- 치마만다 응고지 아디치에

IV
사
회

타인에게 공감하는 우리

평범한 시민도 차별주의자가 될 수 있다

《선량한 차별주의자》 김지혜/창비/2019

"장애 가진 애들을 가르치는 게 무슨 소용이냐. 산 같은데 몰 아넣고 밥만 주면 되지 않느냐."

"왜 이 동네에 와서 집값을 떨어뜨리느냐."

"우리 눈에 안 띄게 섬에 가서 살라."   (서울신문, 2020.3.16.)

이렇게 장애아들을 대상으로 가시가 돋친 상처의 말들을 쏟아 낸 사람들은 서울시교육청의 서진학교 설립을 반대하는 주민 들이었다. 2017년 열린 주민설명회에서 장애 학생 부모들은 무릎을 꿇고 눈물을 흘리며 서진학교 설립을 호소했지만 반대 주민들은 혐오의 말들을 쏟아냈다. 어느 서진학교 학부모는 인터뷰에서 "서진학교를 세울 수만 있다면 무릎 꿇는 것뿐만 아니라 더한 것도 할 수 있다는 마음으로 참고 또 참았다."고 울먹이며 말했다. 서울시교육청이 2013년 11월 설립을 예고했던 서진학교는 2018년 반대 주민 대표와 김성태 의원, 조희연 서울시교육감이 합의하여 드디어 2020년 3월 개교를 하게 되었다. 교육부의 '2019 특수교육통계'(지난해 4월 기준)에 따르면 장애 학생의 절반 이상인 54.6%(5만 812명)가 특수학급이 편성된 일반 학교에 다니고 있다.   (서울신문, 2020.3.16.)

다문화학 강사이자 연구자인 작가는 이 책에서 '선량한 차별주의자'라는 단어를 제시한다. "스스로 선량한 시민일 뿐 차별을 하지 않는다고 믿는 '선량한 차별주의자'들을 곳곳에서 만난다."(p.11)고 하면서 사람들이 자신이 저지르는 차별을 인식하지 못한다고 경고하고 있다.

이 책에는 '흑인과 백인 학생들의 분리된 학교 시설은 본질적으로 평등하지 않다'는 1954년 미국 연방대법원의 판결문이 나온다. 이 판결이 나오기 전 미국 사회에서는 똑같은 시설, 똑같은 교과과정, 똑같은 질의 교사가 확보된다면 흑인 아동과 백인 아동을 분리해서 교육해도 평등하고, 흑인과 백인을 분리하는 것 자체는 차별이 아니라고 생각했다.

> 공립학교에서 백인과 흑인 아동을 분리하는 것은 흑인 아동들에게 해로운 영향을 미친다. 인종에 따라 분리하는 정책은 대개 흑인 집단의 열등함을 의미하는 것으로 해석되기 때문에 법에 의해 그렇게 했을 때 영향은 더욱 크다. (…) 우리는 공교육에서 "분리하지만 평등"의 원칙이 받아들여질 수 없다고 결정한다. 분리된 학교 시설은 본질적으로 평등하지 않다.
>
> - p.77~78

이 사례를 읽고 나니 이런 생각이 들었다. '장애 학생과 비장애 학생을 분리된 학교에서 교육하는 것도 본질적으로 평등하지 않은 걸까? 장애 학생을 위한 특수학교가 현실적으로 부족한 이유도 있고 장애인이라는 편견을 두려워하는 학부모들은 자녀들을 특수학교보다 일반 학교에 보내고 싶어 한다. 하지만 일반 학교의 특수학급에 속한 장애 학생 중 중증 장애아들은 학교생활에 어려움이 많다. 비장애 학생들과 어울려 학교생활을 하기보다 돌봄의 대상으로 자신의 욕구를 억제받는 경우가 더 많은 현실이다. 하지만 특수학교와 일반 학교 중 어디로 진학할지의 결정은 장애 학생과 학부모의 선택권을 존중할 수밖에 없다.

이 책에 나온 흑인 아동을 대상으로 한 백인과 유색인 인형 실험의 결과대로라면, 장애 학생과 비장애 학생들의 교육 시설 분리가 아이들에게 열등감을 심어주고, 그 열등감 때문에 교육의 성취가 낮아질 수 있지 않을까 하는 생각이 든다. 장애 학생들이 특수학교와 일반 학교의 특수학급 중 어디서 교육을 받는 것이 교육적 효과가 있을지는 더 많은 고민이 필요하다.

2020년 3월에 무척 반가운 기사가 눈에 띄었다. 서울시교육청과 중랑구청의 협약으로 중랑구에 2024년 9월 개교할 동진학교 설립을 확정했다는 기사였다. 비록 부지 선정에 어려움이 많아 당초 목표 개교일보다 7년여나 늦어졌지만 얼마나 기쁜 소식인가! 지난번 서진학교 설립 과정에서 장애 학생 부모들이 무릎을 꿇고 눈물로 호소한 덕분인지 동진학교 설립 과정에서는 대부분의 특수학교가 극심한 반대를 겪은 것에 비하면 주민들의 반대가 덜 했다고 한다. 서진학교 건립에 뜻을 모았던

한 학부모는 "서진학교 건립은 뜻을 같이하는 부모들이 뭉쳐 한목소리를 내야 내 아이의 권리를 찾을 수 있다는 것을 확인한 결실"이라고 말했다.   (서울신문, 2020.3.16.)

장애아동도 그냥 평범한 아이들이다. 다만 조금 다른 사람들의 도움이 필요할 뿐이다. 그 아이들도 민주사회의 구성원으로서 학습권이 보장되고 평등하게 존중받을 권리가 있다. 특수학교나 일반 학교 어느 곳에서든지 마음껏 공부하고 다른 비장애 아이들과 어울려 살아가면서 진로를 고민할 수 있는 우리나라의 시민인 것이다.

서진학교 설립을 반대한 주민은 자신이 차별한다는 사실도 알지 못하는 '선량한 차별주의자'다. 작가가 '선량한 차별주의자'라고 한 이유는, '자신은 차별주의자가 아니다'라고 믿는 평범한 사람들도 자기가 인식하지 못하는 사이에 차별주의자가 될 수 있다는 뜻일 것이다. 자신의 이익과 관련된 일에 있어서는 우리도 자신이 모르는 사이에 차별을 할 수 있다. 작가는 '세상은 정말 평등한가? 내 삶은 정말 차별과 상관없는가?' 하면서 끊임없이 의심하고 성찰해야 한다고 이야기한다.

그래서 의심이 필요하다. 세상은 정말 평등한가? 내 삶은 정말 차별과 상관없는가? 시야를 확장하기 위한 성찰은 모든 사람에게 필요하다. 내가 보지 못하는 무언가를 지적해주는 누군가가 있다면 내 시야가 미치지 못한 사각지대를 발견할 기회이다. 그 성찰의 시간이 없다면 우리는 그저 자연스러워 보이는 사회질서를 무의식적으로 따라가며 차별에 가담하게 될 것이다. 모든 일이 그러하듯 평등도 저절로 오지 않는다.   - p.79

우리는 일상에서 나도 모르는 사이에 수많은 차별을 하고 있을지도 모른다. 내가 선의를 갖고 있다 해도 상대방의 처지를 잘 알지 못하는 무지로 인해 고정 관념을 갖는다거나 적대감을 가질 수도 있다. 우리는 차별을 전혀 하지 않고 살기는 힘들다. 차별에 대해 끊임없이 의심하고 질문하면서 최선을 다해 차별을 덜 하는 쪽을 선택해나가야 할 것이다.

차별은 생각보다 흔하고 일상적이다. 고정 관념을 갖기도, 다른 집단에 적대감을 갖기도 너무 쉽다. 내가 차별하지 않을 가능성은, 사실 거의 없다.   - p.60

내가 모르고 한 차별에 대해 "그럴 의도가 아니었다",
"몰랐다", "네가 예민하다"는 방어보다는,
더 잘 알기 위해 노력을 기울였어야 했는데
미처 생각지 못했다는 성찰의 계기로 삼자고 제안한다.
- 김지혜

국민들의 행복은 인간적 가치의 존중에 달려있다

《밤 산책》 찰스 디킨스/은행나무/2014

우리나라 국민들의 행복지수는 얼마나 될까? 민간 연구기관인 한국 경제학회의 '행복지수를 활용한 한국인의 행복 연구 보고서'에 따르면 2017년 기준 한국인의 행복 수준이 1990년과 마찬가지로 27년간 경제협력개발기구(OECD) 회원국 31개국 중 하위권에 머물렀다는 분석 결과가 나왔다. 삶의 질과 밀접한 27개 지표를 바탕으로 OECD 회원국의 행복지수를 물질적·사회적 기반과 물질적·사회적 격차 등 두 분야로 나눠 산출했다는 것이다. 그 결과 국민의 전체적인 소득 수준은 높아졌지만 소득 격차는 더 벌어졌다는 것이 학회의 설명이다. 성별 격차는 1990년과 2017년 모두 조사 대상국 가운데 꼴찌인 31위였다.

(국제신문, 2020.2.5.)

찰스 디킨스의 《밤 산책》에서 표현한 19세기의 영국 대도시의 상황도 지금과 비슷한 점이 있었다. 자본주의가 활발히 일어나던 산업사회라는 겉으로 보여지는 통계적 수치와 달리 민중들의 생활은 상대적으로 비참했다. 산업사회에서는 무서운 빈곤과 어린이들의 혹사 등 비인도적인 노동의 어두운 면이 있었다. '최대 다수의 최대 행복'이라는 공리주의적 사고 때문에 19세기 산업사회의 부작용들이 생겨났다. 오늘도 현대사회에서는 신자유주의라는 화려함 속에서 산업 현장의 비정규직 노동자들이 열악한 노동 현장에서 위험을 감수하며 일하고 있다.

《밤 산책》에는 디킨스의 다른 작품들처럼 19세기 산업사회 영국의 그늘진 모습이 사실적으로 표현되어 있다. 불면증이 있었던 디킨스는 밤새 노숙자처럼 런던 거리를 떠돌아다니며 빅토리아 시대의 화려한 도시 뒷골목을 관찰함으로써 통찰을 얻었다. 작품에서 보이는 사회적 이슈에 대한 관심은 노숙자 문제, 런던 거리의 폭력성, 노역소의 환경, 정책의 효율성, 상선 노동자의 삶, 부랑아, 실업, 백납 공장의 안전성, 조선소 등 다양하다.

디킨스는 비상업적인 여행자*라는 페르소나를 선택했는데 실제 여행을 즐기고 여행 중 보고 알게 된 것을 조사하고 기록하기 좋아하는 그에게 잘 맞았다. 도시를 거니는 신사 즉 산책자가 되어 소외된 빈민의 삶을 관찰하고 사회의 어두운 면을 폭로했다. 디킨스는 영국의 밤거리를 다니며 여러 곳을 직접 보고 느낀 것을 기록했다. 그중 근대 영국의 빈민 정책을 가장 잘 보여주는 내용이 와핑 노역소 장면이다.

여행자께서는 우선 최악인 곳부터 보시라. 한 군데도 빠짐없이 보여드릴 수 있다. 대단히 훌륭하지 않아도, 모두 이 정도는 된다. '매독 환자 병동'으로 들어가기 전 들은 설명은 이것뿐이었다. 환자들은 현대식으로 지어진 널찍한 본관에서 떨어져 포장한 마당 한구석에 찌그러지듯 처박힌 낡은 건물에 수용되어 있었다. 시대에 뒤떨어진 기괴하기 짝이 없는 건물 안에 온갖 불편하고 열악한 조건은 모두 갖춘 다락방이 그저 일렬로 늘어서 있는데, 유일한 통로인 좁고 가파른 계단은 환자가 올라가는 데는 물론이고 죽어서 내려오는 데도 적당하지 않기로 악명이 높았다.   - p.81

---

* 디킨스의 연재물의 제목인 동시에 본인이 선택한 페르소나로 한가하게 도시를 거니는 '산책자'라는 뜻이다. '비상업적인'이란 말을 쓴 이유는 '상업적인'이라는 말의 부정적인 이미지를 주지 않기 위해서이다.

근대 영국에서는 국가와 지배 세력의 부의 축적과 권력 유지가 빈민의 인간다운 삶보다 훨씬 중요했다. 신빈민법을 만든 개혁자들이 노역소의 삶은 최저임금을 받는 노동자보다 못한 삶이어야 한다는 생각을 가지고 있었기 때문에, 노역소에서 빈민들은 감옥보다 나을 것 없는 음식에, 가족끼리도 얼굴을 볼 수 없는 환경에서 강제노동에 시달렸다. (빈민법의 겉과속 : 근대 영국의 빈민정책과 빈민의 삶, 2016. 4.20.)

당시 영국은 고전 정치경제학자들이 주장하는 자유방임주의와 공리주의의 영향을 받았다. 공리주의적 가치를 중요시해 행복의 척도를 산술적으로 측정 가능한 물질적 효용성에 두었다. 따라서 인간은 사회 시스템의 부품으로써 생산수단의 일부로 전락해버렸다. 열악한 농업 노동자와 도시 빈민의 삶의 모습, 빈민 아동들의 노동 착취 등 어두운 산업사회의 이면이 많았다. 빈민들의 비참한 생활을 목격한 디킨스는 영국 사회를 '공공의 야만성을 가진 문명사회'라고 분노한다. 그리고 공리주의에 젖어 가난을 이들을 손쉽게 탓하는 부패한 공직자들도 비판한다.

한 나라의 수도에서 아이들을 방치할 뿐만 아니라 바다와 육지에서 휘두르는 힘은 자랑스러워하면서 그 힘으로 아이들을 붙들어주고 구해주지는 않는 공공의 야만성을 가진 문명사회가 존재했다는 놀라운 추론을 할 수 있을까.

- p.125

21세기에도 여전히 경제적 효율성을 최고의 가치로 여기고 삶의 모든 가치를 재화로 수렴하는 경제적 공리주의의 한계가 드러나고 있다. 신자유주의 체제에서 산업 현장의 비정규직 노동자들은 열악한 노동 현장에서 위험을 감수하며 일하고 있다. 경제적 성과와 통계적인 수치를 중시하는 기업들은 노동자의 안전과 행복보다 기업의 이익을 앞세운다.

우리나라 국민들의 행복지수 기사를 통해 행복의 척도는 1인당 국민총생산(GNP)과 같은 통계적 수치가 아니라 국민 개개인이 인간적 가치를 존중받는 사회라고 느끼는가에 달려있다는 사실을 알 수 있다. 정규직, 비정규직 할 것 없이 모든 노동자가 일터에서 가치를 존중받는 성숙한 한국 사회가 되어야 할 것이다.

우선 '어떻게 하면 이 빈민들이―물론 많은 빈민이 노역소 밖에서 스스로 생계를 영위하는 데 어려움을 겪지만― 조금이라도 더 스스로를 책임지게 할 것인가? 자문해봐야 한다.

- 찰스 디킨스

인간은 무엇인가,
인간이 무엇이지 않기 위해 우리는 무엇을 해야 하는가

《소년이 온다》 한강/창비/2014

한강은 출판사 서평을 통해 자신이 "이 소설을 피해갈 수 없었"고 "이 소설을 통과하지 않고는 어디로도 갈 수 없다고 느꼈다"고 했다. 작가가 80년 5월의 광주를 처음 대면하게 되는 장면은 5·18 광주 민주 항쟁의 존재와 참혹한 실상을 처음 알게 된 20살 대학교 신입생 때의 나의 기억과 겹쳐진다.

내가 몰래 그 책을 펼친 것은, 어른들이 언제나처럼 부엌에 모여 앉아 아홉 시 뉴스를 보고 있던 밤이었다. 마지막 장까지 책장을 넘겨, 총검으로 깊게 내리그어 으깨어진 여자애의 얼굴을 마주한 순간을 기억한다. 거기 있는지도 미처

지극히 사적인 그녀들의 책 읽기

모르고 있었던 내 안의 연한 부분이 소리 없이 깨어졌다.

- p.199

　내가 5·18 광주 민주 항쟁 사진집을 처음 접하게 된 것은 대학교 입학 후 처음 맞은 5월 대학축제에서였다. 세상 돌아가는 것도 모르고 공부만 했던 범생이 여학생에게 80년 5월 광주에서의 군인들에 의한 시민 학살은 너무나 큰 충격이었다. 내가 평범하게 학생으로 살아온 대한민국의 같은 공간과 같은 시간에 그런 일이 일어났다는 사실이 실감이 나지 않았다.

　내가 대학에 입학한 1987년은 광주학살 규탄과 노태우 정부 타도를 외치는 학생들의 데모로 대학가가 불길처럼 들끓고 있었다. 고 이한열 열사가 데모하다 죽음을 맞이한 때가 그 해다. 그때는 사회 분위기가 운동권 학생이 아니어도 정치에 무관심할 수가 없었다. 광주 시민 학살 사진집을 처음 본 나는 우리나라 군인들이 무고한 시민들을 빨갱이로 몰아 처참하게 학살했다는 사실에 큰 충격을 받았다. 1987년에 마주한 80년 5월 광주는 내게 평생 잊을 수 없는 끔찍한 기억으로 남았다.

《소년이 온다》는 1980년 5월 18일부터 열흘간 있었던 광주 민주화 운동 당시 군부에 의해 저질러진 시민 학살과 살아남은 자들의 기억과 고통을 이야기해주는 한강 작가의 소설이다. 계엄군에 맞서 싸우다 죽음을 맞게 된 중학생 동호와 주변 인물들의 고통 받는 내면을 생생하게 그려냈다.

5·18 광주 민주 항쟁의 고통의 경험을 작가는 '피폭된 자가 죽는다 해도, 몸을 태워 뼈만 남긴다 해도 그 물질이 사라지지 않는'(p.207) 방사능 피폭에 비유한다. 학살로 사랑하는 사람들을 처참하게 잃고 살아남은 자들은 '지금, 여기'에서 '내 삶이 장례식'인 어두운 삶을 버텨내고 있다. 이런 기억을 가지고 살아가는 사람들이 있는 한 80년 광주는 결코 끝난 것이 아니다. 역사적인 기록과 사실을 증거로 무고한 시민들을 학살하라고 명령한 자들과 학살에 가담한 자들을 반드시 처벌해야 한다.

네가 죽은 뒤 장례식을 치르지 못해, 내 삶이 장례식이 되었다. 네가 방수 모포에 싸여 청소차에 실려 간 뒤에. 용서할 수 없는 물줄기가 번쩍이며 분수대에서 뿜어져 나온 뒤에. 어디서나 사원의 불빛이 타고 있었다. 봄에 피는 꽃들

속에, 눈송이들 속에. 날마다 찾아오는 저녁들 속에. 다 쓴 음료수병에 네가 꽂은 양초 불꽃들이.   - p.102~103

　작가는 개개인의 도덕적 수준과 별개로 군중의 힘을 빌려 인간이 근본적으로 지닌 숭고함이 발현될 수도 있고, 인간의 근원적인 야만이 극대화될 수도 있다고 이야기한다.

　군중의 도덕성을 좌우하는 결정적인 요인이 무엇인지는 아직 밝혀지지 않았다. 흥미로운 사실은, 군중을 이루는 개개인의 도덕적 수준과 별개로 특정한 윤리적 파동이 현장에서 발생된다는 것이다. 어떤 군중은 상점의 약탈과 살인, 강간을 서슴지 않으며, 어떤 군중은 개인이었다면 다다르기 어려웠을 이타성과 용기를 획득한다. 후자의 개인들이 특별히 숭고했다기 보다는 인간이 근본적으로 지닌 숭고함이 군중의 힘을 빌려 발현된 것이며, 전자의 개인들이 특별히 야만적이었던 것이 아니라 인간의 근원적인 야만이 군중의 힘을 빌려 극대화된 것이라고 저자는 말한다. 그렇다면 우리에게 남는 질문은 이것이다. 인간은 무엇인가. 인간이 무엇이지 않기 위해 우리는 무엇을 해야 하는가.
    - p.95

80년 광주학살에서 특별하게 잔인한 군인들이 있었다고 전하며 작가가 가장 이해할 수 없었던 것은 연행할 목적도 아니면서 반복적으로 저질러진 살상과 죄의식도 망설임도 없는 한낮의 폭력이었다고 말한다. 시민들을 학살한 군인들은 부조리한 군부의 명령에 따라 죄의식도 없이 군중의 힘을 빌려 야만적인 학살에 가담했다. 한편으론 시위에 가담했던 시민들이 죽음의 공포를 무릅쓰고 국가의 부조리에 맞서 싸울 수 있었던 힘도 군중의 힘을 빌린 숭고한 양심이었다.

5·18 광주 민주 항쟁 후 40년이라는 시간이 흘렀다. 그럼에도 불구하고 우리는 《소년이 온다》를 여전히 읽고 이야기할 수밖에 없다. 어느덧 그 시절을 잊고 무심하게 살아가는 우리에게 이 소설이 묵직한 질문을 던지고 있기 때문이다.

인간의 근원적인 야만으로 인해 지금까지도 전 세계에서 끊임없이 자행되고 있는 인간의 잔혹함과 악행에 대한 근원적인 질문이다. 부조리한 국가의 무자비한 칼날이 국민을 향할 때 얼마나 잔인해질 수 있는지, 학살 이후 살아 있다는 것이 치욕스러운 고통이 되어 일상을 평범하게 살아갈 수 없는 이들이 아직도 우리 곁에 있다는 사실을 잊지 말아야 한다.

"인간은 무엇인가. 인간이 무엇이지 않기 위해 우리는 무엇을 해야 하는가."

작가는 작품 속에서 이렇게 질문하고 있다. 인간은 군중 심리에 의해 상황에 따라 야만적일 수도 있고 숭고할 수도 있는 존재이다. 그러므로 근원적인 야만성 대신 숭고함을 발현하기 위해서는 늘 질문하고 깨어있어야 한다. '상황이 인간을 만든다.'라는 나약한 명제에 나의 선택과 행동을 합리화해서는 안 될 것이다. 어떤 상황에서도 인간이기를 포기하지 않으려는 내면의 담금질. 그러기 위해서는 군중 심리나 상황 따위에 내몰리지 않고 나 자신을 지켜내려는 노력이 필요하다. 최소한 인간으로서의 품격을 잃지 않기 위해 끊임없이 깨어있는 인간이 되어야 할 것이다.

아무것도 용서하지 않을 거다. 나 자신까지도.

— 한강

그날 현장에 달려간 걸 후회하지는 않아

《거짓말이다》 김탁환/북스피어/2016

'남현철 군, 박영인 군, 양승진 교사, 권재근, 권혁규 부자'

세월호 참사 미수습자 5명의 이름이다. 4·16 세월호 참사는 2014년 4월 16일 인천에서 제주로 향하던 여객선 세월호가 진도 인근 해상에서 침몰하면서 승객 304명(전체 탑승자 476명)이 사망·실종된 대형 참사다. 검경합동수사본부는 2014년 10월 세월호의 침몰 원인에 대해 ▷화물 과적, 고박 불량 ▷무리한 선체 증축 ▷조타수의 운전 미숙 등이라고 발표했다. 이후 2017년 3월 '세월호 선체조사위원회 특별법'이 합의되면서 세월호 선조위가 출범했고, 이에 세월호 인양과 미수습자 수습·수색 등이 이뤄졌다.   [네이버 지식백과]

《거짓말이다》는 세월호 사고 현장에서 유해 수습에 참여한 고 김관홍 잠수사와 공우영 잠수사의 실제 이야기를 소재로 쓴 소설이다. 원인을 알 수 없는 이유로 거대 여객선이 침몰한 맹골수도로 향한 잠수사들이 병원을 거쳐 법정까지 가게 되는 일을 르포르타주 형식으로 풀어간다. 잠수사 나경수는 동료 잠수사로부터 심해에 가라앉은 배의 내부로 진입할 잠수사가 부족하니 도와 달라는 다급한 연락을 받는다. 나경수는 좁은 선내를 어렵게 헤치고 들어가 영문도 모른 채 죽어간 아이들의 마지막 순간을 목격한다. 하지만 몸에 무리가 올 정도로 해저에서 아이들을 끌어안고 올라온 나경수를 기다린 것은 시체 한 구당 오백만 원을 받지 않았느냐는 비난과 동료 잠수사 류창대의 업무상과실치사 혐의 소식이었다. 류창대 잠수사의 재판에서 나경수 잠수사가 그를 위해 쓴 탄원서가 주 내용이다.

세월호 참사 3년 만에 세월호를 인양하고 3차례가 넘는 수색에도 미수습자 9명 가운데 5명의 흔적은 끝내 찾지 못했다. 세월호 사고 현장에서 숨진 이들의 유해를 찾기 위해 생업을 제쳐두고 가장 먼저 달려간 이들은 민간 잠수사들이었다. 민간 잠수사들이 현장에 투입된 시점은 선원들과 해경들이 놓쳐버린 골든 타임 이후였다. 그들이 한 명 한 명 포옹하여 모시고 나온 고인의 수가 무려 304명 중의 295명이었다. 미수습자 9명만을 남긴 상태에서 그들은 해경으로부터 해산 명령을 받았다.

한 치 앞도 구분할 수 없는 심해에서 선내에 진입해 실종자를 수습해야 하는 업무의 고난이도 때문에 해경 잠수사들이 아닌 민간 잠수사들이 투입되었다. 하지만 잠수병을 얻으면서까지 실종자들을 수습한 민간 잠수사들에게 국가는 달랑 문자 한 통으로 현장 철수 명령을 내리고 치료비 중단도 통보했다. 민간 잠수사들은 무리한 세월호 실종자 수습으로 얻게 된 잠수병으로 인해 평생 질병의 고통과 트라우마를 안고 살아가고 있다.

하지만 세월호 6주기를 맞아 동아일보에서 인터뷰한 민간 잠수사들은 말했다. 후회하지 않는다고. 그날로 다시 돌아가도 똑같이 뛰어가겠다고. "만약 가지 않았다면 어땠을까 생각해 본 적도 있죠. 아마 평생 후회하면서 살았을 겁니다."

(동아일보.2020. 4.16.)

지극히 사적인 그녀들의 책 읽기

법대로 한다면, 저나 잠수사들이 맹골수도에 갈 이유가 없습니다. 우리는 징집 대상이 아닙니다. 법 때문이 아니라 돕겠다는 마음으로 간 겁니다. (…) 잠수사들이 마음으로 한 일을 정부는 법으로 판단한 겁니다. 이 나라는 마음이 없습니까. 이 정부는 잠수사들의 마음을 법으로 짓밟아도 됩니까. 국가부터 정직해야 합니다. 맹골수도로 달려간, 혹은 달려가려는 잠수사들에게, 여러분이 혹시 잠수병에 걸리면 올해까지만 치료비를 지원한다고, 산업 재해로 인정받을 수도 없다고, 현업에 복귀하지 못하더라도 나라에선 따로 세워 둔 대책이 없으니 각자 살길을 찾아야 할 것이라고 밝혔어야 합니다. 그랬다면 맹골수도 그 거친 바다로 하루에 세 번씩 뛰어들 잠수사는 없었을 겁니다.   - p.225

그날 선원이든 해경이든 한 사람만 선내로 들어가서 가만있지 말고 빨리 나오라고 소리쳤다면 승객 대부분은 살았을 것이다. 수습자 강나래의 마지막 모습을 이야기한 생존 학생은 "선내로 물이 차오르는데도 가만히 있으라는 방송만 나왔다"고 증언했다. 작가의 가슴에 파고들었다는 목소리, 팟캐스트 '416의 목소리'에서 예은 아빠 유경근 씨가 했던 말이 생각난다.

"아이들은 함께 살아서 나오려고 최선을 다한 겁니다."

- p.382

2020년, 어느덧 세월호 6주기다. 하지만 6년 전 그날의 진실은 아직 완전히 밝혀지지 않았다. 사고 후 4년 3개월만인 2018년이 돼서야 법원은 세월호 참사에 대한 국가와 청해진 해운의 배상 책임을 처음으로 인정했다. (서울신문, 2018. 8.10.) 하지만 2020년 현재까지도 세월호 참사에 대한 수사는 '사회적 참사 특별조사위원회'가 수사 의뢰한 사안과 '4·16 세월호 참사 가족협의회' 가 고소·고발한 사건에 대하여 진행중이다.

(파이낸셜 뉴스, 2020. 6. 1.)

" 어떤 재난에도 국민을 부르지 말고 정부가 먼저 알아서 하라."

2016년 국민안전처 국정감사장에 참고인으로 출석했던 고 김관홍 잠수사가 남긴 말이다. 세월호 참사와 참사 이후 사고를 처리하는 과정에서 국가의 재난 대응 시스템이 얼마나 부실했는지와 무능하고 기만적인 정부의 민낯을 보았다. 세월호 참사 당시 해경을 포함한 정부는 국민을 적극적으로 구조하지 않았고, 사고의 진상을 밝혀야 하는 정부가 오히려 진상 조사를 방해했다. (파이낸셜 뉴스, 2020. 6. 1.) 세월호 참사 당시 해경은 유해 수습에 참여한 민간 잠수사에게 다른 민간 잠수사의 죽음에 대한 책임을 전가해 법정에 세웠다. 그리고 당연히 해야 할 보상과 지원, 부상 치료조차 적기에 해주지 않았다.

세월호 유가족, 생존자, 민간 잠수사 모두 대한민국의 국민이다. 국민의 안전을 책임지지 못하는 정부는 국가가 아니다. 세월호 참사와 같은 무능한 국가에 의한 재난 사고는 다시는 일어나서는 안 될 것이다. 그러기 위해서 우리는 세월호 참사의 진실을 규명하고 책임져야 할 사람들에게 합당한 책임을 물어야 한다.

갑을병정무. 그래 우린 무였어.
경수는 농담처럼 그 무가 없을 무라더군.
있지만 없는 존재. 인간도 아닌 존재.
아무렇게나 쓰고 버려도 무방한 존재.
그런 취급을 받았어.

\- 김탁환

살아남아야 할 이유

《빅터 프랭클의 죽음의 수용소에서》
빅터 프랭클/청아출판사/2017

"중환자실에서 있던 36일 동안 18명의 환자가 죽는 걸 밤마다 봤어요. 옆 커튼 너머로 사람이 죽어 나가는 데도 나는 살기 위해서 먹어야 했고, 거기서 살아나왔어요. 그때 그런 생각이 들었어요. 내 삶이 분명히 달라졌고, 세상 사람들이 보기에 내 모습은 일그러졌지만, 이런 내 안에 생명이 있는 이유가 분명히 있다고요. 아마 다른 환자들 가족 역시 저희 가족과 같은 기도를 했을 거예요. 내 생명이 더 소중하거나, 더 잘났다는 이유가 결코 아니라, 할 일이 있기 때문이라고 느꼈어요. 생명과 함께 주어진 사명을 많이 생각했어요."

(YES24채널예스, 2013. 9.10)

중증 화상 환자 이지선 씨가 인터뷰에서 전한 말이다. 그녀는 스물셋의 나이에 만취 음주 운전자가 낸 교통사고로 전신에 3도 중화상을 입고 30번이 넘는 수술을 견디면서도 생을 포기하지 않은 이야기를 에세이로 썼다. 에세이 출간 후 미국으로 떠나 12년 동안이나 자신의 꿈을 위해 공부했고 드디어 사회복지학 박사 학위를 받아 한국에 돌아왔다. 그녀는 한동대학교에서 교수가 되어 지금까지도 많은 사람들에게 꿈과 희망을 전하고 있다.

유태인 빅터 프랭클이 죽음의 수용소에서 살아 돌아와 자신이 겪었던 참혹한 경험을 쓴 《빅터 프랭클의 죽음의 수용소에서》는 전 세계적인 베스트셀러가 되었다. 작가는 1984년 판 서문에서 이 책의 성공에 대해 묻는 기자들에게 이렇게 말했다.

"그렇게 많은 사람들이 제목 그 자체에서 삶의 의미에 대한 문제를 다룰 것으로 기대되는 이 책을 선택했다는 것은, 그만큼 그들에게 이것이 절박한 문제라는 사실을 입증하는 것이라 할 수 있다."

강제수용소에 갇힌 사람들은 그곳에 오기 전 누렸던 평범한 삶을 철저히 부정당한 채 인간 이하의 삶을 살았다. 굶주림과 끝없는 노동, 인간 이하의 취급을 당하는 모욕감, 언제 죽을지 모르는 공포심 등 텍스트로 묘사된 수용소의 상황을 우리는 머리가 아닌 가슴으로까지 이해하기는 어렵다.

"나는 내 인생에서 더 이상 기대할 것이 없어요."

수용소에서 자살을 시도한 수감자들이 한 말이다. 작가는 "이런 사람에게 어떤 대답을 해주어야 할까? 가장 필요한 것은 삶에 대한 태도를 근본적으로 변화시키는 것이다."(p.138)라고 말한다. 수용소에 갇힌 사람들은 그저 평범한 보통 사람일 뿐이다. 하지만 그중에서도 어떤 사람들은 자신의 시련을 가치 있는 것으로 만들고 삶의 의미를 부여함으로써 고통스러운 삶을 버텨내기도 했다.

우리에게 있어서 삶의 의미는 삶과 죽음, 고통받는 것과 죽어가는 것까지를 폭넓게 감싸 안는 포괄적인 것이었다. (…) 우리는 시련으로부터 등을 돌리기를 더 이상 원하지

않았다. 시련 속에 무엇인가 성취할 수 있는 기회가 숨어 있다는 것을 깨달았다. - p.140

우리는 이 책에서 작가가 이야기하고 있는 실존주의의 주제를 찾을 수 있다. 산다는 것은 곧 시련을 감내하는 것이며, 살아남기 위해서는 그 시련 속에서 어떤 의미를 찾아야 한다는 것이다. 언제 죽을지도 모르는 죽음의 공포와 인간 이하의 모욕을 견디며 살아남아야겠다는 희망을 버리지 않은 것은 그들 스스로 삶의 의미를 찾아냈기 때문이다.

이 책을 통해 작가 개인의 경험이지만 죽음의 수용소라는 극한 상황에 처한 많은 사람들의 경험이라는 측면에서 보편적인 인간의 모습을 만나볼 수 있다. 삶의 희망을 잃은 사람들이 어떻게 무감각해지는지, 고통 속에서도 어떤 이들은 어떻게 삶의 의미를 찾고 인간으로서의 존엄함을 지켜나가는지 보여준 값진 기록이다.

"왜 살아야 하는지 아는 사람은 그 어떤 상황도 견딜 수 있다."는 니체의 말이 망치처럼 내 가슴을 두드린다. 우리는 나약한 인간이다. 하지만 왜 살아야 하는지 삶의 의미를 스스로 깨달을 수 있다면 어떤 시련도 견뎌낼 수 있는 강한 인간이기도 하다. 실존적 삶에서는 어느 누구도 삶의 목적이 무엇인지 말해 줄 수 없고 자기가 스스로 삶의 의미를 찾아내야 한다. 내 인생이라는 배의 키는 내가 가지고 있다. 암흑 같은 밤바다 저 너머에 빛나는 북극성을 찾아 배를 나아가게 할 수 있는 사람은 오로지 나 자신일 뿐이다.

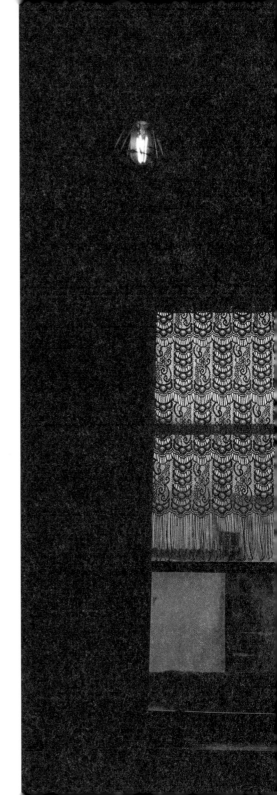

즉 사람은 내면에 두 개의 잠재력을 모두 가지고 있는데,

그중 어떤 것을 취하느냐 하는 문제는

전적으로 그 사람의 의지에 달려있음을 알았다.

— 빅터 프랭클

가장 무서운 폭력, 모멸감

《모멸감》 김찬호/문학과 지성사/2014

'저 너무 억울합니다'

얼마 전 강북구의 아파트 경비원 최희석 씨가 주차 문제로 갈등을 빚던 입주민의 갑질 때문에 억울하다고 유서를 남긴 채 스스로 목숨을 끊었다. 가해자인 입주민은 최 씨에게 폭행과 폭언을 일삼았으며 오히려 최 씨를 고소하는 등 지속적으로 심적 압박을 주었다.

2013년 국가인권위원회는 보고서에서 아파트 경비원 10명 중 3명(35.1%)은 주민들로부터 폭언을 들은 경험이 있다고 밝했다. 보고서는 "정신적·언어적 폭력은 심각한 스트레스 요인으로 작용하고 심지어 정신질환으로 이어질 수 있다"며 "이를 지속해서 당하는 경우 불안장애·우울증 등의 원인이 된다."라고 지적했다. (아시아경제, 2020. 5.16.)

《모멸감: 굴욕과 존엄의 감정사회학》은 사회학자 김찬호가 '모멸감'을 키워드 삼아 한국 사회의 다양한 현상을 조명하면서 한국인의 삶과 마음을 추적한 책이다. 모멸감은 '모멸스러운 느낌'을 의미하는데, 이때 '모멸'은 '업신여기고 얕잡아봄'으로 풀이된다. 따라서 모멸감은 존재 가치가 부정당하거나 격하될 때 갖는 괴로운 감정으로, 이 단어는 비단 뉴스뿐 아니라 드라마, 영화 등 우리의 일상 곳곳에서 자주 쓰이고 있다.

작가는 한국 사회에서 외형적으로 드러나는 요소들을 기준으로 사람의 높낮이를 매기고 귀천을 따지는 점을 지적한다. 학력, 빈부, 외모, 지위 등이 사람을 판단하는 기준으로 작용한다는 것이다. 그렇기 때문에 한국 사람 중에는 먹고 자는 돈은 줄여도 겉으로 드러나는 옷이나 가방에 지나치게 돈을 쓰는 사람들이 있다고 설명한다.

속물적인 기준으로 사람을 판단하기 때문에 나이 들고 힘없는 아파트 경비원에게 함부로 대하는 것이다. 또 다른 기사를 통해 갑질하는 입주민들이 자기들이 경비원들의 봉급을 주고 있고, 용역업체 변경으로 계약 해지도 맘대로 할 수 있다는 이유로 경비원들에게 부당한 업무 지시와 폭언을 일삼았다는 것을 알 수 있었다.

적나라하고 직접적인 형태의 모욕보다도 더 빈번하게 일어나는 것은 우리 일상 속의 은근한 모욕이다. 대개 무시나 경멸의 모습으로 나타난다. (…) 모멸은 '모욕'과 '경멸'(또는 멸시)의 의미가 함께 섞여 있는 단어이기 때문이다. 모욕은 적나라하게 가해지는 공격적인 언행에 가깝고, 경멸 또는 멸시는 은연중에 무시하고 깔보는 태도에 가깝다. 모욕에는 적대적인 의도가 강하게 깔려있는 반면, 경멸에는 그것이 분명하지 않을 수도 있다. 아무 생각 없이 모욕하기란 어려운 일이지만, 무심코 경멸하는 것은 흔히 있는 일이다. 모멸은 후자의 가능성까지 포함한다. 그런 의미에서 모멸은 수치심을 일으키는 최악의 방아쇠라고 할 수 있다. — p.66~67

갑질하는 아파트 입주자들은 을로 살아갈 수밖에 없는 아파트 비정규직 노동자들을 대놓고 무시한다. 하지만 부당한 대우를 당하는 그들은 평생 자식들 키우느라 정작 자신들의 노후대책은 하지 못해 아파트 경비원과 환경미화원이 된 우리 아버지들, 어머니들이다.

아파트 경비원 최 씨의 죽음에 공분한 입주민들과 시민단체들이 그의 억울한 죽음을 밝히기 위해 분향소를 마련하고 국민 청원과 기자 회견까지 했다는 소식을 기사를 통해 알게 되었다. 비록 억울한 죽음이 벌어진 후에 소 잃고 외양간 고치는 격이지만 지금이라도 우리 사회에서 억울한 비정규직들의 죽음이 일어나지 않도록, 시민들이 각성하고 정부와 국회는 실효성 있는 법 개정을 서둘러야 할 것이다.

우리의 감정은 복잡한 응어리로 꼬여가기 쉽다. '루저' '찌질이' '잉여 인간'이 되지 않을까 하는 불안에 휩싸인다. 상승 이동에 대한 욕망과 비교의식이 강한데 자신의 처지는 점점 뒤처지는 듯하기에, 그 간극이 자괴감과 열패감으로 드러난다. (…) 불합리한 갑을관계가 생존을 옥죄고 자존심을 위협하는 가운데 피해의식과 원한 감정이 깊어진다.

그래서 조금만 건드려도 상처받고, 그에 대한 앙갚음으로 자기보다 약해보이는 사람들을 억누른다. 최근에 문제가 되는 감정노동이나 '디스'(disrespect의 줄임말로서, 상대방을 적나라하게 깎아내리는 언사를 가리킨다)는 그러한 병리의 증상이라고 할 수 있다.　　　　- p.40~41

요즘 한국 사회에서는 그동안의 무딘 감수성으로 불거진 사회 문제들이 하나둘씩 터져 나오고 있다. 성인지, 인권, 정신적·언어적 폭력과 같은 무형의 폭력 등에 대한 감수성이 더욱 중요해지고 있다. 이와 같은 감수성은 민주 시민으로 살아가는 데 있어서 꼭 필요한 자질들이다.

일상에서의 폭력인 모멸감도 마찬가지다. 우리는 일상에서 무시하는 표정이나 비웃는 눈빛, 퉁명스런 말투로 의식적으로나 무의식적으로 크고 작은 모멸감을 불러일으키며 살아간다. 하지만 일상에서의 은근한 모멸이 상대방에게 얼마나 마음의 상처를 주는지 잘 인식하지 못한다. 경비원 최 씨의 자살이나 학교 폭력으로 인한 학생들의 자살 등을 통해 우리는 물리적 폭력만큼이나 정신적·언어적 폭력이 얼마나 모욕적이고 심적 고통을 주는지 알 수 있다. 한국 사회에서는 상해나 살인 등 물리적인 피해를 입히는 것에는 민감하지만, 정신적·언어적 폭력과 같은 무형의 폭력에 대해서는 무딘 것이 현실이다.

타인에게 모멸감을 주지 않고 모멸감을 쉽게 느끼지 않으려면 우리 사회와 시민들의 성숙함이 필요하다. 또한 모멸감을 쉽게 주고받는 한국 사회의 모멸감의 문제를 개인의 문제로만 돌리지 말고 사회 전반에서 법과 제도를 개선하여 공동체에서 해결하려고 노력해야 한다.

감정은 이성보다 근본적이고 강력하다.
그것은 부수적이고 지엽적인 잉여가 아니라,
중대한 인간사를 좌우하는 핵심이다.
- 김찬호

평범한 아이도 악마가 될 수 있다

《나는 가해자의 엄마입니다》 수 클리볼드/반비/2016

저자 수 클리볼드는 18년 전 미국에서 일어난 최악의 총기 난사 '콜럼바인 고등학교 사건' 가해자인 두 명의 학생 중 딜런의 엄마이다. 피해자와 가해자가 학생들이었기에 사회적인 파장이 더욱 컸으며, 그 후로 이 사건을 모방한 사건들이 계속해서 발생할 정도로 최악의 '학교 총기 난사 사건'으로 기록되었다. 정신 건강 분야 글을 기고하는 앤드루 솔로몬은 해설에서 이 책이 "딜런에게 바치는 책이며 변명에 빠지지 않으면서 정신 건강에 대한 인식 확대와 연구를 촉구하는 책이다."(p.19)라고 밝혔다.

지금까지 피해자의 심리를 다룬 책은 많았지만, 가해자의 상처에 관해서 쓴 내용은 없었기에 이 책은 더욱 의미가 있다. 이 책의 집필은 세상의 비난과 독설을 마주할 각오로 책을 썼다는 점에서 용기 있는 행동이다. 저자는 아들을 사랑하는 마음으로 아들의 사악함까지 인정하고 잘못된 행동을 축소하지 않는다. 피해자인 아이들과 선생님을 속죄하는 마음으로 기리고 있다.

책 속에서 수 클리볼드는 엄마로서 아이의 우울과 자살 충동 징후의 의미를 알아차리지 못하고, 속을 터놓을 수 있는 사람이 되어 주지 못한 것을 뼈아프게 후회한다. 학교에서의 학업 성취도 대신 학교 분위기와 문화를 이해하는데 더 많은 시간과 관심을 쏟지 못했다는 것도 자책한다. 딜런이 왜 잔인한 폭력성을 지니게 되었는지 아들의 어린 시절부터 기억을 되살리고 추적해나간다. 이 책은 아들을 잃은 엄마의 집요한 투쟁의 기록이다. 엄마는 딜런이 뇌에 병을 앓고 있었기 때문에 결국 자살을 선택했다고 결론을 내린다.

삶의 마지막에 이르러 딜런은 단 두 가지 감정만을 느낀다. 분노와 좌절. 다른 사람과 긍정적인 관계를 맺게 할 다

른 감정은 이미 그를 떠나고 없다. 딜런은 죽음만이 고통
으로부터 벗어나는 방법이라고 믿는다.   - p.271

이 책은 자식을 잃었다는 점에서 피해자와 가해자 가족 모두
가 피해자이고 고통 속에 살아가고 있다는 사실을 일깨워준다.
책 출간으로 딜런의 가족들은 힘든 기억을 들춰내고 사생활이
노출되는 불편함을 감수해야 했다. 그럼에도 불구하고 저자는
아들이 저지른 비극뿐만 아니라 다른 아이들의 감춰진 고통까
지 막기 위해 무엇이 필요한지 조망하고자 노력한다. 딜런의
살인과 자살의 원인이 가정보다 뇌의 병과 학교 폭력이 방치
되는 학교 문화, 폭력적인 게임 등 사회적인 영향이 크다고 결
론을 내린다. 역자는 육아의 책임을 가정에서 학교, 사회로 확
장시켰다는 점에서 가치가 있다고 말한다.

하지만 가해자 엄마의 입장에서 쓴 글이라 균형적인 시각으
로 썼다고 보기는 어렵다. 저자는 총격사건 이후 사람들의 비판
처럼 딜런의 폭력 성향이 부모인 자신들의 양육방식과는 별 상
관이 없다고 말한다. 자신들은 딜런에게 한없는 사랑을 주었고,
딜런의 폭력, 소외, 분노, 인종주의도 집에서 배운 것이 아니라

고 설명한다. 딜런의 폭력 성향이 뇌 질환이나 학교에서의 폭력, 왕따 문제 때문이라는 내용이 불편하게 느껴질 수도 있다.

저자는 인간 대 인간으로 피해자 가족과의 만남을 원했지만 만남이 고통스러울 수도 있기 때문에 포기해야 했다. 그러나 피해자 가족 중 일부가 보여준 용서와 화해를 더 크게 다루고 용서하지 못하는 가족들의 이야기는 상대적으로 덜 비중 있게 언급한다. 저자는 딜런을 사랑으로 키웠음에도 학살에 가담했다는 사실을 딜런이 죽인 피해자 가족들에게 전달하고 싶어했다. 가해자의 부모인 자신들도 이 사건의 피해자라고 생각하기 때문일 것이다.

학교에 근무하다 보면 학업, 친구 관계, 부모님과의 갈등 같은 다양한 정신적인 고통으로 상담실을 방문하는 학생들을 많이 보게 된다. 요즘은 마음이 아픈 아이들이 너무 많고 정신 건강에 문제가 생겨 자살을 생각하는 아이들도 의외로 있다.

이 책을 통해 겉으로 괜찮아 보이는 평범한 아이도 자기 스스로 해결할 수 없는 고통을 가지고 있을 수 있다는 사실을 알게 되었다. 그것을 어른들이 빠르게 감지했다면 이런 비극을 피할 수 있었을 것이다. 뇌 건강으로 고통을 겪는 아이들을 잘 살펴 자살을 방지하는 것이 살인과 자살을 막는 길이라는 색다른 시선을 일깨워준다.

친구들과 선생님들에게 총격을 가한 딜런은 가해자다. 가해자는 물론 죄가 있고 비난받아야 하지만, 그런 가해자를 만들어 낸 것은 우리 모두의 책임이다. 아이들의 살인과 자살의 원인은 단순히 가정에만 있지 않고 학교 폭력을 방치한 학교와 폭력을 방치하는 사회 모두에게 있는 것이다. 이 책을 부모, 교사, 상담가 등 많은 사람이 읽고 아이들의 숨겨진 내면을 살펴 정신적으로 고통받고 자살을 생각하는 아이들을 도와주었으면 한다.

나는 내 가족은 자살 위험이 전혀 없다고 마음속 깊이 믿었다. 내가 그들을 사랑하기 때문에, 우리 사이가 친밀하기 때문에, 혹은 내가 빈틈없고 민감하고 다정한 사람이라 안전하게 지킬 것이기 때문에 그렇다고 믿었다. 자살은 다른 집에서나 일어난다고 믿는 사람이 나 혼자는 아닐 것이다. 그런데 내 생각은 틀렸다.   - p.257

이 극악무도한 참극의 배후에 있는 불편한 진실은,
'좋은 가정'에서 걱정 없이 자란 수줍음 많고
호감 가는 젊은이가 그 주인공이라는 것이다.
-수 클리볼드

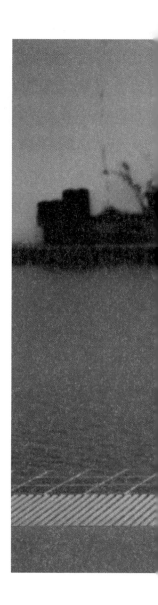

우리 사회에서 파시즘이 되살아나지 않게 하려면

《이것이 인간인가》 프리모 레비/ 돌베개/2007

"사랑도 명예도 이름도 남김없이 한평생 나가자던 뜨거운 맹세……"

이 노래는 5·18 광주 민주 항쟁 시 도청을 지키다가 진압군에게 사살당한 청년 윤상원을 기리는 '임을 위한 행진곡'이다. 1980년대 이후 민주화 운동을 상징하는 노래로 우리나라뿐만 아니라 홍콩을 비롯한 아시아권 민주화 시위가 있을 때마다 불리는 노래다.

1970년대 박정희 유신체제의 야만적 폭력은 민주주의의 소중함을 다시 일깨워주었고 민주화를 이루려는 운동이 다시 불타오르는 계기가 되었다. 18년간 최고의 권력을 누려온 박정희가 10·26 사건으로 비극적인 최후를 맞으면서 이제 민주주의가 실현될 것으로 믿었다. 하지만 유신체제를 계승하여 군사 독재를 연장하려고 전두환, 노태우가 이끈 신군부 세력이 12·12 군사반란을 일으켰다. 신군부 세력에 맞서 5·18 광주 민주 항쟁이 일어났고 수많은 광주 시민들이 국군에 의해 무참하게 희생되었다. 신군부 세력은 이들의 희생 위에 군사 독재를 부활시켰고 전두환이 제5공화국, 노태우가 제6공화국의 대통령이 되었다.   (살아있는 한국 근현대사 교과서, 2011. 8. 8.)

80년대 신군부에 의해 되살아난 군사 독재의 경험은 우리 사회에서 파시즘이 언제든지 되살아날 수 있다는 역사적 교훈을 남겼다. 이런 경험이 있었기에 박근혜 정부의 실정에 많은 국민이 항거하여 촛불혁명을 일으켰고 현직 대통령을 탄핵할 수 있었던 것이다.

이탈리아를 대표하는 작가이자 화학자 프리모 레비의《이것이 인간인가》. 유대계 이탈리아인인 저자는 제2차 세계대전 말기, 반파시즘 저항운동에 참여하다가 체포당해 아우슈비츠로 이송당했으며, 화학 공장이 붙어 있는 제3수용소에서 1943년 12월부터 1945년 1월까지 노예보다 못한 일상을 보냈다. 이 책은 현대 증언 문학을 대표하는 중요한 작품으로, 저자가 기적적으로 살아 돌아온 후, 폴란드의 아우슈비츠 제3수용소에서 보낸 열 달간의 체험과 관찰을 기록한 것이다. 작가는 《이것이 인간인가》를 시작으로 여러 작품을 통해 인간 존재 그 자체에 관한 질문과 성찰을 남겼다.

나치는 유대인, 다양한 국적의 정치범과 전쟁 포로, 집시, 동성애자, 그 외 나치가 반사회적 인물이라고 낙인을 찍은 사람들을 모조리 학살했다. '이방인은 모두 적이다.'라는 위험한 생각으로 끔찍한 역사적 사건을 저질렀다. 나치의 인종주의와 제국주의는 불평등과 폭력이라는 파시즘의 기본원리에서 정당성을 인정받으려 했다.

프리모 레비는 작가의 말을 통해 "실제로 집필한 것은 나중 일이지만, 이 책은 이미 수용소 시절부터 구상하고 계획했다. 우리 이야기를 다른 사람들에게 들려주고 다른 사람들을 거기에 참여시키고자 하는 욕구가 우리를 사로잡았다."라고 말했다. 40년 동안이나 홀로코스트의 대학살을 증언했지만, 다음의 글을 보면 스스로의 증언이 존중되지 않을 것이라는 예감 때문에 고뇌했다는 것을 알 수 있다. 그는 예기치 못한 사건은 언제든 다시 일어날 수 있다고 경고한다.

> 우리로서는 젊은이들과 이야기하는 것이 점점 더 어려워진다. 우리는 그것을 의무로, 또한 위험으로 인식한다. 우리가 시대착오적으로 보일 위험, 우리의 이야기를 들어주지 않을 위험 말이다. 우리의 이야기에 귀를 기울여야 한다. 우리는 우리의 개인적 경험을 넘어 집단적·근본적으로 중요하고 예기치 못한 사건의 증인이었다. 예기치 못한 일이기 때문에, 아무도 예견하지 못한 일이기 때문에 근본적으로 중요한 것이다. (…) 사건은 일어났고 따라서 또다시 일어날 수 있다. 이것이 우리가 말하고자 하는 것의 핵심이다. - 가라앉은 자와 구조된자, 돌베개, 2014, p.247

이 책은 제2차 세계대전 종전 후 1947년에 이탈리아에서 초판이 나오고 전 세계에서 번역·출판되었다. 일본어판은 1980

년에 간행되었는데, 그 제목이 《아우슈비츠는 끝나지 않았다》였다. 재일 지식인 서경식 교수는 이 제목의 의미가 현재에도 끊임없이 우리를 위협하고 있다는 함의가 내포되어 있다고 강조한다. 또한 그는 "지금도 사회의 곳곳에, 또 사람들의 마음속에 불길한 징후가 존재한다. 단지 사람들이 눈을 돌리고 있을 뿐이 아닐까? 그런 징후들은 다양한 조건 아래에서 언제고 다시 잔혹한 폭력으로 분출될지 모를 일인데도."라며 불안함을 내비치고 있다.

20세기의 파시즘은 21세기의 민주주의 사회에서도 바이러스처럼 잠복해 있다가 언제든지 되살아날 수 있다. 현대사회의 모든 독재정치도 파시즘의 얼굴을 하고 있다. '우리와 생각이 다른 사람들은 모두 빨갱이다'라는 위험한 생각과 국민의 자치 능력을 강조하는 민주주의에 반대하는 엘리트 정치를 꿈꾸는 정부는 대단히 위험하다. 그러니 촛불을 들고 민주주의를 외치러 광장에 나온 자기 나라 국민을 상대로 계엄령을 꿈꾸었던 것이다.

프리모 레비는 "과거의 고난이나 먼 장소에서 일어난 비참한 사건에 상상력을 발휘하는 일은 쉽지 않다"고 말했다. 하지만 우리가 과거의 비참했던 사건에 상상력을 발휘하지 못한다면, 80년대 신군부의 군사 반란이나 박근혜 정부의 계엄령 모의 같은 끔찍한 사건은 언제든지 다시 일어날 수 있다. 바이러스처럼 우리 일상에 잠복해 있다가 언제든지 다시 살아날 기회를 엿볼 것이다. 그러니 대한민국 민주주의 사회의 시민들은 언제든지 되살아날 수 있는 파시즘의 공포를 잃어버리지 않기 위해 늘 깨어있어야 한다.

과거의 고난이나 먼 장소에서 일어난 비참한 사건에 상상력을 발휘하는 일은 쉽지 않다. 하지만 우리들은 상상이 미칠 수 없다는 사실에 대한 공포를 의식해야 한다. 그러한 공포를 잃어버리는 순간, 냉소주의가 개선가를 울릴 것이다.

- p.340

우리는 이곳에 오기 전 삶에 대한 기억들을 간직하고 있었지만
그것들은 흐릿했고 아득했다. 그래서 몹시 달콤하고 슬펐다.

- 프리모 레비

재난에는 사회적 원인이 있다

《아픔이 길이 되려면》김승섭/동아시아/2017

"2015년 중동호흡기증후군(메르스,MERS)으로 마지막까지 투병하다 끝내 세상을 떠난 '80번 환자'의 유가족이 국가와 병원을 상대로 제기한 손해배상 소송에서 법원은 "정부는 유가족에게 2천만 원을 배상하라"고 판결했다. 병원의 과실은 인정하지 않았다."

(서울신문, 2020. 2.18.)

한 가족의 일상을 파괴한 바이러스 재난과 5년의 기나긴 법정 싸움이 건조한 몇 줄의 보도자료로 전달되었다. 메르스 희생자 80번 환자의 유가족은 가족을 떠나보낸 지 5년이 지나서야 "정부의 메르스 초기 대응이 미흡했던 책임이 인정된다"는 법원의 판결을 받았다. "남편의 이야기가 세상에서 잊히고 없었던 일이 되는 게 제일 두렵다"며 울먹인 미망인의 바람이 통한 것일까. 김탁환 소설가는 80번 환자의 이야기를 소재로 2015년 여름 186명의 확진자와 38명의 사망자를 낸 메르스 사태를 환자와 가족의 관점에서 이야기한 소설 《살아야겠다》를 선물처럼 세상에 내놓았다.

"삶과 죽음을 재수나 운(運)에 맡겨선 안 된다. 그 전염병에 안 걸렸기 때문에 그 배를 타지 않았기 때문에 내가 아직 살아 있다는 행운은 얼마나 허약하고 어리석은가."

출판사 서평이 서늘하게 마음을 짓눌렀다. 김탁환 작가는 메르스 사태를 불운한 개인의 비극이 아닌 허술한 국가 방역 시스템과 병원의 잘못된 관습과 운영체계가 만들어낸 사회적 참사라고 말한다.

바이러스 재난이라고 기록되었던 메르스가 우리나라를 휩쓸고 지나간 지 5년 만에 신종 코로나바이러스감염증(코로나19)이 우리 일상에 다시 쳐들어왔다. 메르스보다 전파력이 더 빠른 변종 코로나바이러스이다. 메르스 당시의 정부는 낯선 바이러스의 침입에 초기 대응에 실패해 많은 국민들을 지켜내지 못했었는데, 코로나19가 창궐한 지금의 정부는 초기에는 비교적 잘 대응했으나 지역사회 감염이 걷잡을 수 없이 확산되자 방역체계가 무너져버렸다.

(국민일보, 민태원의 메디컬 인사이드, 2020.2.27.)

바이러스의 재앙은 인간이 생태계를 파괴함으로써 박쥐와 같은 야생 동물이 인간의 구역을 침범하고 일부 동남아시아 국가에 야생동물을 식용하는 문화가 있기 때문이라고 한다. 우리는 사스, 메르스, 코로나19의 쓰라린 경험을 가슴과 머리에 담아 변종 코로나바이러스를 연구하여 다시는 정체 모를 바이러스의 재앙에 우리를 내맡겨서는 안 된다. 개인위생 수칙을 잘 지켰지만 자기도 모르게 바이러스에 감염된 국민에게 개인의 잘못이라고 따가운 시선으로 바라보지 않아야 한다.

작가가 강조한 것처럼 '재난을 개인의 책임으로 돌리지 말고 사회적인 원인을 찾고 그에 기반을 두고 대응 전략을 마련'해야 한다. 그래야만 주기적으로 창궐하는 바이러스 감염병 재난을 예방할 수 있다.

1995년 7월, 미국 시카고에서는 재난 수준의 폭염으로 많은 국민이 희생당한 일이 있었다. 이 폭염이 지나가고 4년 뒤, 그와 비슷한 재앙이 시카고에 다시 찾아온다. 하지만 폭염 기간에 사람들이 사망한 원인을 파악하고 있었기 때문에 그들은 이제 어떻게 대응해야 할지도 준비되어 있었다고 한다. 그 결과, 비슷한 수준의 폭염이었는데도 시카고에서 폭염으로 인해 사망한 사람의 수는 1995년 700명보다 훨씬 적은 1999년 110명에 그치게 된다.

작가는 시카고가 폭염 재난에 슬기롭게 대처한 사례를 "폭염으로 인한 사망을 자연재해로, 우연히 발생한 사고로, 개인의 책임으로 돌리지 않고 사회적인 원인을 찾고 그에 기반을 두고 대응 전략을 마련했던 행정기관과 그에 적극적으로 협조한 시민들이 거둔 성과"(p.30) 라고 평가했다.

우리는 반드시 재난의 사회적 원인을 알아야 한다. 사회적 원인을 정확히 파악하고 그에 맞는 전략을 짜야만 다시는 실수를 반복하지 않을 수 있다. 세월호 이후 국민은 "내가 위기에 처했을 때 이 사회가 나를 보호해줄 거라는 믿음을 가지고 있지 않다"고 한다. 현대 한국 사회에서 국민은 수많은 재난과 위험에 처했고 그때마다 자신을 스스로 보호해야만 했다. 어느누구도 미안하다고 사과하고 책임지는 사람도, 정부도 없었다. 정부는 자연적·사회적 재난을 불구하고 재난을 개인의 책임으로 돌려서는 안 되며 예방적인 공공정책으로 국민들의 안전을 지켜주어야 할 것이다.

세월호 참사 이후 '안전'은 무서운 단어가 되었습니다. 대한민국은 이제 사고가 터졌을 때, 누군가 나를 구조하러 올 것이라는 믿음을 가지기 어려운 사회가 되었습니다. 침몰 당시 방송으로 나왔던 '가만히 있으라'는 말을 이제 사람들은 '어떻게든 알아서 각자 살아남으라'고 이해하기 시작했습니다. 많은 사람들이 더 이상 내가 위기에 처했을 때 이 사회가 나를 보호해줄 거라는 믿음을 가지고 있지 않습니다.   - p.141

오스트리아의 과학철학자 오토 노이라트가 말했다.

"우리는 망망대해에서 배를 뜯어고쳐야 하는 뱃사람과 같은 신세다. 우리에게는 부두로 가서 배를 분해하고 좋은 부품으로 다시 조립할 수 있는 기회가 주어지지 않는다."

- p.83

우리에게는 부두로 가서 배를 조립할 기회와 시간이 없다. 정부는 국민의 안전과 관련한 문제에 있어서는 정책 수립을 위한 데이터가 축적될 때까지 책상 앞에서 기다려서는 안 된다. 정부와 공무원들에게 국민의 안전은 아무리 강조해도 지나침이 없다.

고통이 사회구조적 폭력에서 기인했을 때,
공동체는 그 고통의 원인을 해부하고
사회적 고통을 사회적으로 치유하기 위한 노력을 해야 합니다.

ㅡ 김승섭

일기 마니아 문학소녀는
오십에 작가가 되기로 결심했다

초등학교 3학년 때부터 스물여섯 살까지 매일 쓴 일기장이 100여 권이 넘는 일기 마니아다. 중학교 때까지 항상 학교 대표로 글짓기 대회에 나갈 정도로 글쓰기를 좋아했다. 고등학교 때도 국어를 잘해서 국어 교사나 사서가 되고 싶었다. 학창 시절과 청춘을 지나가는 길목에서 매일 일기를 쓰면서 하고 싶은 말들을 글로 풀어냈던 것 같다. 스물여섯 살까지 이어진 일기 쓰기는 직장 생활이 바빠지면서 중단되었다.

40대 중반에 직장 승진 시험에 합격하고 나서야 비로소 내 인생을 돌아볼 수 있는 여유가 생겼다. 그러자 육아와 직장 생활을 하느라 앞만 보고 달려온 내 인생이 허무하게 느껴졌다. '나는 어떤 사람이었나, 나는 무엇을 할 때 제일 행복했었나, 앞으로 100살까지 산다는데 퇴직 후 노년에는 무엇을 하며 살아야 할까.' 중년이 된 내게 수많은 인생의 질문들이 머릿속에서 맴돌았다. 엄마, 아내, 며느리, 직장에서 나를 말해주는 직함이 아닌 나 자신을 찾고 싶었다. 그러다 문득 떠올랐다.

'나는 고등학교 때까지 국어 선생님이나 사서가 되고 싶은 문학소녀였지.'

인생의 절반을 바라보는 40대 후반에 내 인생을 찬찬히 들여다보고 싶었다. '글쓰기를 한 번 배워보자.' 하고 한겨레교육문화센터 글쓰기 입문 과정에 들어갔다. "글을 잘 쓰려면 책을 먼저 읽어야 한다."는 글쓰기 강사의 조언을 듣고 독서 학습공동체에서 1년 동안 독서 토론을 공부했다.

그러던 어느 날 독서 학습공동체에서 글쓰기를 공부하는 사람 중에서 일부를 선발해 일반인들의 글쓰기 책을 공저로 출판할 기회를 주었다. 그렇게 나는 우연한 기회에 《글쓰기로 나를 찾다》라는 책의 저자가 되었다. 비록 몇 장 분량밖에 안 되지만 인생 최초로 저자가 된 경험은 무척 설레고 기뻤다.

포털사이트에 블로그를 운영하면서 느꼈던 일상에서의 글쓰기와는 결이 다른 설렘이었다. 책을 읽고 토론을 하고 글을 쓸 때도 행복했지만 내 생각과 느낌을 표현한 글이 책으로 만들어져 세상에 나왔을 때의 기쁨은 말로 표현할 수 없을 만큼 특별했다.

이런 특별한 경험 때문에 나는 오십이란 나이에 작가가 되기로 결심했다. 인생 2막에는 독서 토론을 하면서 책을 쓰는 작가로 살고 싶었다. 이 책에는 내가 4년 동안 직장에서 여자 동료들과 독서 토론 모임을 하면서 읽었던 책에 대한 생각을 담았다. 우리 모임에는 내 또래의 여성 회원들이 많은데, 어느새 중년이 된 우리는 모임에서 같은 책을 읽고 이야기를 나눔으로써 서로를 이해하고 위로한다. 책을 통해 서로 연결되어 있다는 것을 느낄 수 있다. 특히 직장 동료들과의 독서 토론 모임은 책을 통해 서로를 이해하게 되면서 끈끈한 연대감을 느낄수 있어서 더욱 좋다.

이 책에서 그동안 독서 토론 모임에서 읽었을 때 반응이 좋았던 책이나 개인적으로 읽은 책 중 함께 읽고 토론하면 좋을 만한 책들을 추천했다. 독자들도 내가 추천한 책들을 읽고 같은 책을 읽은 다른 사람들의 생각을 엿볼 기회를 얻었으면 한다.

다른 사람들의 생각이 자신의 생각과 다르다 해도 정답은 없다. 생각이 틀린 것이 아니라 다르다는 것을 인정해야 한다. 혼자 책을 읽을 때보다 함께 책을 읽고 토론할 때 생각의 틀을 깨뜨리기가 더 쉬워진다. 누구도 내 생각이 잘못되었다고 비난하는 사람은 없다. 다른 사람들의 생각을 들으면서 스스로 생각을 옳은 방향으로 바로잡아 갈 뿐이다.

지극히 사적인 그녀들의 책 읽기

지극히 사적인 그녀들의 책 읽기

초판 발행 | 2020년 9월 28일

지은이 | 손문숙
펴낸이 | 김채민
펴낸곳 | 힘찬북스
기획 | ㈜엔터스코리아 책쓰기 브랜딩스쿨

출판등록 | 제410-2017-000143호
주소 | 서울특별시 마포구 망원로 94, 301호
전화 | 02-2272-2554
팩스 | 02-2272-2555
이메일 | hcbooks17@naver.com

ISBN 979-11-90227-10-0   03810

값 14,800원